眠れない夜、この音が君に届きますように

水瀬さら

角川文庫
24139

目を閉じ、頭の中でメロディーを奏でる。
鳴り響くピアノの音は、今日も軽やかだ。
目を開いたら、白い鍵盤に指をのせ、優しく撫でる。
それから小さく深呼吸をし、カウントダウン。
三、二、一……。
わたしの指が、しなやかに動き出す。
ああ、気持ちいいなぁ……。
出窓からこぼれる、淡い日差し。
ソファーに腰かけ、耳を傾けてくれている両親。

わたしはピアノを弾くのが好きだ。
大好きだ。

contents

1　であう

引っ越してきたばかりの町は、海のそばの小さな町だった。

新築の匂いのする家を出て、住宅街を抜けると、広いバス道路に突きあたる。

長く続いている堤防の向こうは、おだやかで真っ青な海。

その海を背に、ぽつんと置かれているバス停のベンチには誰も座っていない。

ポニーテールに結んだ黒い髪を海風になびかせながら、わたしは道路を渡り、時刻表を確認した。

「え、嘘」

一時間に数本しかないバスは、行ってしまったばかり。

バスの時間を勘違いしていたんだ。転校二日目から、痛恨のミス。

わたしは呆然と、その場に立ちつくす。

どうしようか……次のバスを待っていたら完全に遅刻。かといって歩いても、だいぶ距離があったはず。

「どっちにしろ、遅刻じゃん……」

昨日は転校先の高校まで、梨本さんの車で連れていってもらった。今日も「送ってあげるよ」と言われたけれど断った。

バスに乗って、高校の前で降りるだけ。転校二日目でもそのくらいはできる……と思ったから。

家に戻って梨本さんに送ってもらおうか。きっと梨本さんは、すぐに車を出してくれるだろう。

だけどわたしはその考えを振り払った。

仕事中の梨本さんに、煩わしい思いはさせたくない。

でももし、家にいるのがお父さんだったら……わたしは素直に甘えていたのかな。

「……バカみたい」

考えても仕方ないことを考えて、小さくため息をつく。そして海に沿って、ゆっくりと歩きはじめた。

ここでぼうっとバスを待つより、前に進んでいたほうがいい。もちろん歩いたことのない道だけど、バス通りを進んでいけば、そのうちたどり着くだろう。

海から吹く風が、潮の匂いを運んできた。よく晴れた五月の空は、海と同じ青。

わたしの心とは正反対の、あまりにもまぶしすぎる景色に、思わず目を細めた。

まっすぐ続く海沿いの道をぼんやりと歩いていたら、一台の車がわたしを追い越した。その車が少し先で、ハザードランプをつけて停まる。

水色の軽自動車。梨本さんの車じゃないし、この町に知り合いなんていない。無視して通りすぎようとしたら、後部座席の窓から、男の子がひょこっと顔を出した。わたしと同じ、高校生くらいの子だ。

「ねえ！」

立ち止まり、あたりを見まわす。歩道も車道も静まり返っていて、まわりにひとはいない。

もしかしてわたしに話しかけてる？

「そんなのんびり歩いてたら遅刻するよ！」

窓から身を乗り出し、わたしに笑いかける男の子は、わたしと同じ制服を着ていた。そしてなぜか、頭に鮮やかなオレンジ色のニットキャップをかぶっている。

「乗ってきなよ」

「え？」

「遠慮しないで、早く早く！　おれまで遅刻しちゃう！」

男の子がわたしに、ひらひらと手招きをしている。

遠慮しないでと言われても、見知らぬひとの車に乗ることなんてできない。

「今日は校門に青（あお）センが立ってるはずだから！　遅刻したら一週間トイレ掃除させられるぞ！」

え、なにそれ。そんな校則があるの？　この学校には。

わたしは戸惑いながら車に近づく。

「あの……」

「いいから早く乗って！」

ドアが開いたかと思ったら、いきなり手を引っ張られ引きずり込まれた。

「ちょっと、寛人（ひろと）！　女の子には優しくしなさいよ！」

運転席の女のひとが振り返り、座席に座らされたわたしに、にこっと笑いかける。

この男の子のお母さんだろうか。明るい色のベリーショートヘアの、わたしのお母さんより少し若い感じのひとだった。

「ちゃんと優しくしてるじゃん。遅刻しないように、拾ってあげたんだから。ほら、早く車出して！」

「はいはい。じゃあドアを閉めて、シートベルトも締めてね」

わたしは言われるままにドアを閉め、シートベルトを締めた。それと同時に車がすうっと走り出す。

どうしよう。つい、乗ってしまったけれど……。

「二年生？　だよね？」

隣の男の子が、わたしのネクタイを見て言った。

この学校は学年ごとにネクタイの色が違う。一年生が緑色で、三年生は紺色。だから、わたしのエンジ色のネクタイを見てそう思ったのだろう。

「あ……はい」

男の子のネクタイも、わたしと同じエンジ色だ。

「何組？」

「さ、三組です」

「えっ！」

突然耳元で大声を上げられ、わたしは顔をしかめる。

このひとの声、めちゃくちゃよく響く。お願いだから、こんな至近距離でしゃべらないでほしい。

「寛人、うるさい」

運転しながら女のひとが注意した。だけどそんなことは気にもせず、男の子は続ける。

「三組？　おれと同じなんだけど！」

「わたし、昨日転校してきたばかりで」

「ああ、そっか！　おれ、昨日学校休んでたから……それで会えなかったんだな！」

そう言って男の子が、人懐っこい顔で笑う。

どこかで見たような顔……ああ、そうだ。前の学校でクラスの女の子たちに人気だった、アイドルグループの子に似ているんだ。わたしはまったく興味がなかったけど。

「おれ、鮎川（あゆかわ）寛人。きみは？」

「岡崎（おかざき）……じゃなくて……梨本です。梨本千紗（ちさ）」

お母さんが再婚する前の苗字を言いそうになり、慌てて言い直す。

わたし、『梨本さんの娘』になったんだっけ。

梨本千紗——心の中で繰り返してみるけど、やっぱりまだ変な感じ。

「千紗ちゃんね。覚えた！」

鮎川という子が、わたしの隣でにかっと笑う。わたしは仕方なく苦笑いをする。

転校初日の昨日は自分の席に座ったまま、一日中うつむいて、誰とも話さず過ごした。

新しい友だちなんかいらない。早く高校を卒業して、あの家を出たい。

わたしの望みはそれだけだから。

「へぇ、寛人と同じクラスなんだ？」

前を見ると、ルームミラー越しに女のひとと目が合った。

「よろしくね。うちのバカ息子を」

「母ちゃん。バカは余計だ」

やっぱりこのふたり、親子だった。鮎川の声に、お母さんがけらけらと明るく笑う。

そして車内に流れていた音楽のボリュームを、少し上げた。

海沿いの道路を走る車。開いた窓から吹き込む、さわやかな風。

流れてくる音楽は少し昔の、お父さんが好きだったロックバンドの曲だ。

小さいころから何度も聴かされて、すっかり覚えてしまった。

それにピアノでも……何度も弾いた。

『上手いぞ、千紗。さすがおれの娘だ』

わたしが弾くと、いつもお父さんはそう言って、あの大きな手で頭をくしゃくしゃと撫でてくれたっけ。

心地よいメロディーを聴きながら、目を閉じる。

このままずっと、こうしていられたらいいのに。

音の海で、溺れていられたらいいのに。

だけど車はすぐに学校に着き、校門の少し手前で停まった。

「はい、着いたよ」

わたしはハッと目を開ける。そして慌ててお礼を言った。

「ありがとうございました」

「どういたしまして。いってらっしゃい」

運転席から笑いかけられ、わたしは頭を下げて車を降りる。鮎川もそのあとに続こうとしたら、お母さんに止められた。

「寛人！　マスク、マスク！」

「あ、忘れてた」

マスク？　風邪でもひいているのかな。昨日休んだって言ってたし。

思い出したようにマスクをつけて、鮎川はわたしに笑いかける。

「よかった。まだ青センいないみたいだ」

「……青センって？」

「生活指導担当でうちの担任。まぁ、目ぇつけられなきゃ、怖がることはないけどさ」

そういえば担任の先生の名前は、青山。見た目はごつい体育教師だったけど、転校生のわたしには親切だった。

車が軽くクラクションを鳴らして去っていく。わたしがもう一度頭を下げると、すうっと近寄ってきた自転車がそばで停まった。

「あれぇ、アユ。今日は女の子とマイカー登校？」

声をかけてきた女子生徒は、紺色のネクタイをしている。ということは、三年生だ。

長い黒髪がさらさら揺れる、大人っぽくて綺麗(きれい)な女のひとだった。

「ああ、この子、途中で拾った。うちのクラスの転校生で、千紗ちゃん」

「へぇ、転校生？」

女のひとにのぞき込まれる。仕方なくわたしは小さく頭を下げる。すると女のひとがにっこり微笑んで自己紹介をはじめた。

「わたし、アユの幼なじみの梅津凜(うめづりん)っていうの。どうぞよろしくね」

「梨本千紗です」

わたしは名前だけ告げる。よろしくと言われても、学年が違うひとと仲良くなるつもりはない。それよりさっさと、この場を離れたかった。

「では。乗せてもらってありがとうございました」

わたしは一応お礼を言って歩き出す。

「あ、待ってよ、千紗ちゃん！　おれも行く！」

振り向いて、マスクの下で笑っている鮎川を見る。

オレンジ色の帽子に、ちょっと着崩した制服。

アイドルに似た顔立ちで、ほどよくチャラくて、見るからに陽キャ。

女の子にモテそうなのは認める。

だけどわたしにとっては、あまり近づきたくないタイプだった。

わたしは無視してさっさと進む。

「あ、アユ、フラれた！」

「うるせー、凜！　あとで覚えてろよ。おいっ、待てよー、千紗ちゃーん！　同じ教室なんだから、一緒に行こうよ！」

登校してきた他の生徒たちが、わたしたちのことを物珍しそうに見る。

声デカいんだよ、鮎川め。少しは遠慮しろ！

心の中で叫んで、早足で校門に向かう。転校早々目立ちたくはない。

そんなわたしのあとを、鮎川がわたしの名前を呼びながらついてきた。


「おっはよー！」

「あ、鮎川くん来た」

「鮎川くん、おはよー」

教室に入った途端、鮎川は元気よく挨拶して、みんなの輪に入っていった。

思ったとおり、人気者のようだ。男子にも女子にも気軽に話しかけ、あっという間に教室に溶け込んでいる。

わたしはそんな光景を横目に見ながら、気配を消すように自分の席に座った。

「あ、なんだ、千紗ちゃん。おれの隣じゃん！」

気づくと鮎川がやってきて、わたしの隣に腰かける。そういえば昨日、隣の席のひと、休みだったっけ。

鮎川に話しかけられているわたしのことを、クラスの子たちが遠巻きにながめている。

それもそうだ。なにも話さず、むすっとしていた転校生に、昨日いなかったはずのクラスメイトが、馴れ馴れしく話しかけているんだから。

「鮎川くん、梨本さんのこと知ってるの？」

わたしの前の席に座っている女の子が、不思議そうにたずねてきた。

ふたつに結んだ髪がぴょこぴょこ揺れている、かわいらしい子。

「うん。おれたち、友だちだよな！」

鮎川に笑いかけられたけど、わたしはなにも答えなかった。

めんどくさい。なにもかも。わたしのことなんか、放っておいてほしい。

「あれ？　無視？　おれ、無視されてる？」

まわりの女の子たちがくすくす笑っている。

「ちょっと、千紗ちゃん、そりゃないよ。おーい、もしもーし、千紗ちゃーん？」

ウザっ。ウザすぎ。わたしはふいっと横を向く。話しかけるなって意味だ。わかれ。

「鮎川くん、転校生にフラれてるじゃん」

「だっせー」

「うるせー！」

男子生徒たちに笑われて、鮎川が騒ぐ。わたしはわかりやすく、頬杖をついて耳をふさいでやった。

これが毎日続いたら、絶対登校拒否してやる。

「おーい、チャイム鳴ったぞ！　席につけー」

青山先生が大声を上げながら入ってきた。みんながガタガタと自分の席へ散っていく。

「お、鮎川来たか。隣、転校生の梨本さんな。優しくしてやれよ」

先生の声に、鮎川が不満そうに答える。

「優しくしたいのは、やまやまなんすけどね。おれ、千紗ちゃんに嫌われてるみたいだから。あーあ、千紗ちゃんにおれの良さはわかってもらえないのかー、残念！」

まわりの生徒たちが、またくすくす笑う。青山先生も「おれにもわからんな」なんてあきれている。

「テストの日程くばるぞー」

「えー、またテストー」

「やべー」

教室中がざわつきだす。そんな中、わたしの耳にひとり言のような声が聞こえた。

「でもわかってもらえるまで、あきらめないから」

隣を向くと、鮎川が帽子を目元まで下げて、マスクの下でにっと笑った。

2　にげる

授業中、隣の席のオレンジ帽子は、ずっと机に突っ伏して眠っている。

すうすうと、寝息まで立てて。

よくそんなに眠れるなぁ……まぁ静かでいいけど。授業中まであの調子で話しかけられたら、たまったもんじゃない。

四時間目が終わると、鮎川はクラスの男子と一緒に、騒ぎながらどこかへ行ってしまった。

一階に小さな売店があるらしいから、なにか買いに行ったのかもしれない。

わたしはホッと息を吐き、ひとりでお弁当箱をひらく。朝、お母さんが作ってくれたお弁当だ。

お弁当箱の中には、弟の勇太(ゆうた)が好きなキャラクターのポテトのおかずが入っていた。幼稚園生のお弁当と、きっと中身は同じなんだ。

「ねぇ、梨本さん」

箸(はし)でポテトをつまもうとしたとき、目の前から声が聞こえて顔を上げた。

「今朝、鮎川くんちの車から降りたってほんと？」

見ると三人の女の子が、興味深そうにわたしを見ていた。

前の席のツインテールの女の子と、運動部っぽいショートヘアの女の子と、おとなしそうなボブヘアの女の子だ。

名前はもちろんわからない。

「鮎川くんと知り合いだったの？」

わたしは首を横に振る。

今朝のこと、クラスの誰かが見ていたのかもしれない。

「遅刻しそうになっていたところを、車に乗せてもらっただけだよ」

「それだけ？」

「それだけだけど？」

女の子たちが顔を見合わせている。なにが言いたいのだろう。

「あのね、鮎川くんって、うちの学校ではけっこう人気でね」

「隣のクラスの子たちが騒いでるの。鮎川くんが転校生と一緒にいたけど、どういうことかって」

ああ、わかった。わたし、妬（ねた）まれているんだ。

人気者の男子生徒と、転校してきたばかりのわけのわからない女が、馴れ馴れしくしていたから。

でもそれはあいつが勝手にしてきたこと。こっちはいい迷惑。転校早々、男漁りしているなんて思われたら冗談じゃない。

わたしは三人に向かってはっきり伝える。

「言っとくけどわたし、相手の気持ちも考えないでずかずか入ってくるあぁいうひと、大嫌いだから」

女の子たちがびっくりした顔をする。信じられない、とでも言いたげに。

「ま、まぁ、梨本さんがそう思うのは勝手だけど……ねぇ？」

「う、うん。そうだね……」

そう、わたしの勝手。もう放っておいてください。

「じゃあ梨本さん、これ知らないんだよね？」

もう一度、箸でポテトをつまもうとしたら、ショートヘアの子が、ちょっと声を落として言った。

「鮎川くんって、わたしたちよりひとつ年上なんだよ。留年してるから」

教室に騒がしい声が聞こえてきた。鮎川たちが戻ってきたのだ。

「じゃあ……またね」

女の子たちはちょっと気まずそうにわたしに笑いかけると、そそくさと自分たちの席へ戻っていった。

ひとつ年上？　留年してる？

午後の授業中、わたしはちらっと隣を見る。するとこっちを見ていた鮎川と目が合ってしまった。

なんだ。起きてたんだ。びっくりさせないでよ。

鮎川はわたしに笑いかける。どう見ても元気そうだけど、まだマスクをつけている。

わたしはふいっと前を向く。

関係ない。留年しているからって、なんなの？

わたしは黒板を見たまま考える。

でもそういえば……クラスの子たちは男子も女子も「鮎川くん」って呼んでいた。

呼び捨てにしているひとがひとりもいないのは、鮎川が年上だと意識しているから？

わたしの頭に朝の光景が浮かぶ。

紺色のネクタイ。幼なじみだって言った三年生。

じゃあ鮎川とあのひとは、同い年っていうことなんだ。

「ちーさちゃん」

突然声をかけられて、ドキッとした。声の方向を見ると、鮎川がわたしに手を差し出している。

「な、なに?」

「シャー芯、持ってない?」

もう片方の手で、鮎川がシャーペンをカチカチ押している。芯は一向に出てこない。

わたしはペンケースからシャーペンの芯を取り出し、鮎川の手のひらにのせる。

大きな男の子の手。

「サンキュー、助かった」

鮎川がわたしを見て目を細めた。きっとマスクの下は、はじめてわたしに声をかけてくれたときと同じ、屈託のない笑顔なんだろう。

わたしはそっと鮎川から目をそらし、真新しい教科書を見下ろす。

転校先の学校で、友だちなんか作る気はなかった。

前の学校では笑顔をふりまいて、みんなに合わせていたけれど、内心とても冷めていた。

たぶんみんなも、心から溶けこめていないわたしの気持ちに気づいていたんだと思う。

だからわたしが転校すると決まった途端、誰も連絡してこなくなり、ぷっつり縁は切れてしまった。

それまでは毎日必ず、スマホにメッセージが届いていたのに。

こんな薄っぺらい関係だったら、無理して作る必要はない。

ずっとひとりでいようって、わたしは心に決めたんだ。


放課後になると、わたしはさっさと荷物をまとめた。こんな教室、一刻も早く出ていきたかった。

かといって、あの家にもわたしの居場所はないんだけれど。

「なぁ、千紗ちゃん」

けれど鮎川が、しつこく声をかけてくる。わたしはイライラしながら、席を立つ。

「部活、なにに入るか決めた？」

鮎川はわたしの苛立ちなんて気にもせず、椅子の背にもたれたまま、わたしを見上げて聞いてくる。

「うちの学校、絶対部活に加入しないといけないんだよ？」

「え？」

思わず声を上げてしまった。

嘘。そんな話、聞いてない。

「前の学校で、部活やってなかったの？」

「……やってない」

わたしは答える。どうしよう。帰宅部一択だったのに。

「なにか得意なこととか、好きなこととかないの？」

わたしの頭にピアノの音が流れてきた。

お父さんの笑顔も浮かんで、慌ててそれを振り払う。

「ない。好きなことなんか」

「ないのかよー」

鮎川があきれたように、けらけら笑う。

「じゃあうちの部、入りなよ。楽しいよ？」

うちの部？　わたしは出そうとした足を止め、鮎川を見下ろす。

鮎川って、なんの部活に入っているんだろう。

そんな疑問が、頭にむくむくと湧き上がる。

「アユー！」

そのとき廊下から声が響いた。教室のドアのところに、ふたりの男子生徒が立っている。

ふたりとも紺色のネクタイで、背中にはギターケースのようなもの。

ひとりは明るい髪をツンツンと立てた、ちょっと目つきの悪い怖そうなひとで、もうひとりは黒い前髪で目が隠れた、地味でおとなしそうなひとだった。

教室にいた女の子たちがざわつきはじめ、そのひとたちをちらちら見ている。

「迎えにきてやったぞ！　今日は部活出れるんだろ？」

「おー」

鮎川が椅子に座ったまま片手を上げてひらひらさせた。わたしはふたりの男子生徒と鮎川の顔を見比べる。

すると鮎川が、わたしに笑いかけて言った。

「おれたちさ、軽音部なんだ」

「軽音部？」

心臓がドクンッと跳ねる。

なんだろうこの気持ち。胸の奥から、熱いものがじわじわと込みあげてくるような……。

わたしは肩にかけたバッグの肩ひもを、ぎゅっとにぎりしめて答えた。

「入らないから」

鮎川がわたしを見上げる。

「わたし、そんな部、絶対入らないから」

吐き捨てるように言って、廊下へ向かう。

立っているふたりの男子生徒が、わたしのことを不思議そうに見ている。
鮎川はなにも言わなかった。
わたしはオレンジ色の帽子から逃げるように教室を出て、廊下を走った。

バス停に着くと、ちょうどバスがやってきたところだった。
急いでバスに乗り込み、空いている席に座り、深く息をつく。
海に沿うように、バスは十分ほど走る。
堤防の向こうに広がる海は、朝と同じく、青くおだやかだ。
開いた窓からは、心地よい潮風が吹き込んでくる。
最寄りのバス停で降り、住宅街のほうへ歩いて三分。
梨本さんの建てた家が見えてきた。
三角屋根にレンガの壁の、洋風でおしゃれな家。まさにお母さんの好みだ。
庭の花壇からはたくさんの芽が顔を出している。
いずれここはお母さんの好きな花でいっぱいになるんだろう。
お父さんと住んでいた、ピアノのあったあの家のように。
家の前に立ち、わたしはすうっと息を吸いこむ。それからそれをゆっくり吐いて、
口元を無理やり引きあげる。

笑顔の練習。この家に入る前、必ずやるのが習慣になった。

心の中で「よしっ」とつぶやき、思い切ってドアを開く。

「ただいま」

玄関に入ると、「おかえり、千紗ちゃん」という声とともに、梨本さんが出てきた。

お母さんが買ってあげた、青いエプロン姿だ。なかなか似合ってる。

梨本さんは家を建てたことをきっかけに、在宅で仕事をするようになった。

「今日はぼくが夕食を作るからね。楽しみに待ってて」

「うん」

うなずいて、梨本さんの前で笑顔を作る。わたしは上手(うま)く笑えているかな。

玄関から上がると、すぐに夕食のメニューがわかってしまった。家中にカレーの匂いが漂っているからだ。

リビングでは、お母さんが洗濯物を畳んでいる。わたしに気づいて、「おかえり」と微笑む。

お母さんのそばでは、勇太がいつものようにテレビを見ていた。勇太お気に入りの子ども番組だ。

「ただいま」

お父さんと別れたあと、勇太の面倒をみながら仕事に追われていたお母さんは、ここに引っ越してきてから専業主婦になった。

リラックスしているお母さんを見ると、いろんな意味でホッとする。

「お母さん、わたし明日(あした)から、十分早く家出るよ」

「え、どうして？」

お母さんが手を止めて首をかしげる。

「バスの時間、間違えてて……今日乗り遅れちゃった」

「あら、やだ。じゃあ、どうやって行ったの？」

今朝乗せてもらった水色の車を思い出し、それを振り払う。

「歩いて行ったよ」

「え、歩いて？　学校までかなりあったでしょう？　電話くれればよかったのに」

お母さんの声に、梨本さんの声が重なる。

「そうだよ。言ってくれれば、ぼくが車出したよ」

わたしはにっこり笑ってふたりに言う。

「ありがとう。次からはそうする」

お母さんと梨本さんが、ちらっと顔を見合わせたのがわかった。

わたしは「着替えてくるね」と言って、階段を駆け上った。

『お母さんね、再婚しようと思ってるの』

お母さんからそう告げられたのは、去年のこと。

すぐにお母さんは、梨本さんを家に連れてきた。

仕事先で、出会ったひとだという。

『はじめまして、千紗ちゃん』

梨本さんは、背がひょろっと高くて清潔感のある、優しく笑う男性だった。

あごひげを生やして、いつでもどこでも大声で笑っていたお父さんとは、正反対のタイプだ。

『こんばんは、勇太くん』

梨本さんの前で、五歳だった弟、勇太は、いつものようにテレビの画面を見続けていた。

勇太はひととの関わりに関心がない。言葉も遅れていて、保育園でもずっとひとりでいたらしい。

勇太はお父さんのことを覚えていないだろう。わたしの両親が離婚したのは、勇太が一歳のときだったから。

『千紗はどう思う？』

梨本さんと食事した日の夜、お母さんに聞かれた。

『べつにいいんじゃない？』

わたしはそう答えた。

べつにいい。梨本さんでも、梨本さんでなくても。

誰も『わたしのお父さん』には、なれないんだから。

それから何度も四人で食事をし、休みの日には梨本さんの車で遊びに出かけた。

ふたりの再婚話は着々と進み、梨本さんの故郷に引っ越すのはどうかと相談された。

近くに自然と触れ合える幼稚園があり、お母さんは勇太をそこに通わせ、のびのびと過ごしてもらいたいみたいだった。

わたしは通っていた学校に思い入れはなかったし、勇太のためならと、引っ越しに賛成したのだ。

だけど来た途端、わたしは雰囲気の違いに戸惑った。

前住んでいた東京から、新幹線を利用して一時間半くらいのこの町は、のどかというか、おだやかというか……はっきり言って田舎だった。

通うことになった高校は、町にひとつある県立高校。

四月の転入だったけど、新居の完成が遅れて、ゴールデンウィーク明けからの登校になってしまった。

引っ越し当日、アパート暮らしから新築の一戸建てに変わり、勇太は不安そうにしていた。

だけどリビングの一角に、勇太専用のスペースが作られてあり、アパートにいたころと同じ環境にしてあげたら、やっと勇太も落ち着いてきた。

梨本さんは建築家だ。新居も自分でデザインや設計をした。

勇太が落ち着くスペースも、わたしの部屋も、ちゃんと用意されている。

二階にあるわたしの部屋は、遠くに海の見える素敵な部屋だ。

そしてもちろん、この家にピアノはなかった。


「疲れる……」

エンジ色のネクタイをはずし、ベッドの上にどさっと仰向けになった。

お母さんと梨本さんは、わたしに気を遣っている。そしてわたしも、あのふたりに気を遣っている。

この家は疲れる。再婚するって聞いたときから覚悟してはいたけれど、想像するのと実際に暮らすのでは、かなり違う。

天井に向けて、なんとなく両腕を伸ばす。手を広げ、指を動かしてみる。

『千紗、ピアノ弾いてよ』

聞こえてくるのは、ちょっと酔っぱらったお父さんの声。

わたしのお父さんは、そこそこ有名なジャズピアニストだ。

呼ばれれば日本中どこへでも飛んでいって、ピアノを弾く。

大きなステージに立つこともあれば、お祭りやイベント会場で演奏したり、ショッピングセンターのストリートピアノで、子どもたちのリクエストに応えたりすることだってある。

お父さんがピアノを弾けば、いつでもどこでもライブ会場になってしまうのだ。

そんなお父さんは、お酒を飲むといつも、わたしに『ピアノを弾いて』とねだる。

『いいよ、お父さんの好きな曲、弾いてあげる』

お父さんが少し考えて、ある曲名を口にした。

わたしは頭の中でメロディーを浮かべてから、自分の指で奏ではじめる。

お父さんは目を閉じて、体を揺らし、気持ちよさそうにわたしの音を聴いている。

わたしの弾くピアノは、お父さんの受け売りだ。

小さいころからお父さんと一緒に、音楽を聴いたり、楽器を奏でたりしているうちに、耳で聴くだけで弾けるようになった。

即興で弾くわたしのピアノを、お父さんはいつも褒めてくれた。

『上手いぞ、千紗。さすがおれの娘だ』

お父さんは曲が終わると必ずそう言って、大きな手でわたしの頭をわしゃわしゃ撫でる。

「お父さん……」

気づけば空で鍵盤を叩いていた。

弾いていたのは、お父さんの好きなあのロックバンドの曲だ。

だけどわたしは手を止める。

「……バカみたい」

ぽすんっとベッドの上に腕を落とした。

なにやってるんだろう、わたし。バカみたい。

そんなわたしの耳に、梨本さんの声が聞こえてくる。

「千紗ちゃーん。コーヒー淹れるから、一緒に飲まない？」

「はーい。いま行くー」

そう答えて体を起こした。ふと、あの言葉が頭をよぎる。

『わたしの前で、二度とピアノなんか弾かないで！』

わかってる。わかってるよ。

ピアノなんか――大嫌い。

3　かかわる

翌朝は十分早く家を出た。バス停には数人が並んでいる。

会社員風のおじさん。スマホを見ている若い女のひと。わたしと同じ制服を着た生徒もいた。

やがてバスが走ってくるのが見えてきた。よかった。今日は間に合った。

バスに乗り込み、海側の席に座る。海をながめながら、心地よい揺れに体を任せる。

すぐに次のバス停に着き、ドアが開いた。

「あっ」

「あー!」

わたしに気づいた陽気なオレンジ帽子が、嬉しそうに近寄ってくる。

マジで?　サイアク。

「千紗ちゃんじゃん!　おはよー!」

マスク越しのくせに、その声は車内に響き渡り、わたしは思いっきり顔をしかめた。

「今日はバス、乗れたんだ?」

鮎川は当然のようにわたしの隣に座り、話しかけてくる。近くに座っている緑色のネクタイの女の子たちが、ちらちらこちらをうかがっている。

「そっちこそ、車じゃないの？」

「うん。今日は調子いいから」

風邪、治ったのかな。まだマスクしてるけど。

そんなことを考えていたら、こっちを向いた鮎川と目が合って、慌てて窓の外を見ているふりをした。

「なぁ、千紗ちゃん」

そむけたわたしの顔を、鮎川がのぞきこんでくる。

距離、近い。肩と肩がぶつかって、わたしはさりげなく、窓際に寄る。

「部活決まった？」

外を見たまま、首を横に振る。

「決まってないけど、軽音部には入らない」

「頑固だなー」

鮎川がはははっと、声を立てて笑っている。あいかわらず、今日も楽しそうだ。

バスが次のバス停で停まり、同じ制服を着た生徒たちがさらに乗り込んできた。バスの中が混みはじめ、ざわつきだす。

「おっ、アユじゃん。久しぶりー」

「元気かよ」

「おー、元気、元気」

近寄ってきたのはがっしりした男子生徒二人組。それぞれ、サッカー部と野球部のバッグを持っている。

そしてふたりとも、紺色のネクタイだ。

「なにおまえ、朝から女の子と一緒？」

「そ、この子、千紗ちゃん。うちのクラスの転校生。軽音部に勧誘中なんだ」

するとふたりの男子生徒が、わたしに向かって声をかけてくる。

「軽音部なんかやめたほうがいいぜ。このチャラい鮎川が部長だから」

「そうそう。それより野球部のマネージャー募集してるよ」

「おまえらうるせー。おれが誘ってるんだから、横取りすんなや！」

鮎川がおかしそうに笑っている。男子生徒たちも笑っている。

やっぱり鮎川が留年しているって本当なんだ。だってひとつ上の先輩たちと、こんなに仲良くしゃべっているんだから。

バスが学校前に着いた。鮎川が先輩たちと騒ぎながら降りていく。わたしはそのあとを黙ってついていく。

ふざけあっている三人は楽しそうだった。

鮎川はどうして留年なんかしたんだろう。

よっぽど成績が悪かったのかな。授業中、ほとんど寝ていたからありえるかも。それとも学校サボりすぎて、出席日数が足りなかったとか？

昇降口で先輩たちと別れた。三年生の下駄箱へ向かっていく彼らを、鮎川が見送っている。

わたしだったら、自分だけ一学年下の下駄箱へ行くなんて、耐えられない。きっと学校なんて、やめてしまうだろう。

「千紗ちゃん」

突然声をかけられて、ハッとした。振り向くと紺色のネクタイと、長い黒髪が見えた。

鮎川と幼なじみだと言った、たしか……凜さんだ。

「おはよう。今日もアユと一緒なんだ？」

「……おはようございます」

一緒と言われても困る。

あいつが勝手に近寄ってきただけで、こっちは迷惑してるんです！

「あ、凜じゃん、おはよ」

「おはよ、アユ」

鮎川がにこにこしながら近寄ってきて、わたしはふたりに挟まれる。

なんなの？　この居心地の悪さ。

オレンジ帽子の鮎川と、モデルみたいにスタイルが良くて美人な凜さん。このふたりに囲まれると、わたしまで目立ってしまう。

エンジ色のネクタイの女の子たちがこっちを見て、なにやらこそこそ話している。またなにか言われそうだ。勘弁してほしい。

「ねぇ、アレ、できた？」

凜さんが鮎川に聞く。

「あー、まだ」

「もう、早くしてよね！　アユが曲作るって言い出したんでしょ？」

「そう思ったんだけどさぁ。やっぱ曲作りって難しいや。伊織（いおり）はすげーな」

鮎川の前で、大きくため息をつく凜さん。

曲作りって……もしかして凜さんも軽音部なの？

「曲ができないと練習進まないじゃん。それから見つかったの？　ピアノ弾ける子」

「ああ、うん。いま勧誘中」

鮎川がわたしを見て、指を差す。わたしは「は？」と声をもらした。

「あっ、そうだったんだ！　千紗ちゃん、ピアノ弾けるの？」

わたしの胸になにかが刺さる。ちくんっと刺さったそれが、じわじわと胸の奥に入り込んで、体中に痛みが走った。

「弾けません」

「え？　どういうこと？」

凜さんが首をかしげて鮎川を見る。すると鮎川がわたしに向かって言った。

「嘘だろ。千紗ちゃん、ピアノ弾けるでしょ？　昨日車の中で音楽聴きながら、指動いてたもん。膝(ひざ)の上でさ」

「え……」

そんなこと……わたし、してた？

鮎川のお母さんの運転する車。流れてきた懐かしいメロディー。聴いているうちに自然と指が動いてしまったのかも。鍵盤(けんばん)の上を泳ぐように。

わたしは鮎川の顔を見る。鮎川はまっすぐわたしを見つめている。

「も、もう……ピアノはやめたの」

そう言いながらも、鮎川から目が離せない。

どうして？　どうしてそんな目でわたしを見るのよ。

戸惑うわたしの耳に、凜さんの声が聞こえた。

「まぁまぁ。だったらさ、一度見学に来たらどう？　わたしたち放課後集まって、バンド活動してるの。一応、軽音部っていう、部活動だけどね」

凜さんがわたしに笑いかける。

「でも……」

「アユがさ、できもしないくせに、自分で曲作るとか言い出してね」

「は？　できもしないってなんだよ！」

騒ぎ出す鮎川の顔の前に、凜さんが手を開いて制止する。

「しかもその曲には、絶対ピアノ入れたいってうるさくて。見学してみて無理そうだったら、断って全然オッケーだよ。無理やり連れこんだりしないから。ね？」

わたしは困った。鮎川の誘いだったら百パーセントお断りだけど、凜さんの綺麗な顔でのぞきこまれたら、嫌とは言えない雰囲気だ。

「じゃ、じゃあ、見学だけ……」

「やったぁ！　よかったら今日来てみない？　待ってるね！」

凜さんがにっこり微笑み、長い髪をさらっとなびかせ、三年生の下駄箱へ去っていく。

仕方ない。見学だけして断ろう。そして幽霊部員でも許される、ゆるい部活を探そう。

「見学だけして断ろうって思ってるだろ？」

隣から声が聞こえて、わたしは慌てた。鮎川がにやっと目を細めてわたしを見る。

「そうはいきません。千紗ちゃんは絶対おれのバンドに入ってもらう。おれ、あきらめないって言ったろ？」

「な、なによ！　勝手に決めないでよ！」

「てか、おれの歌を聴いたら、絶対入るに決まってるよ」

鮎川がおかしそうに笑って歩き出す。

なんなの？　その自信。あんたの歌が、そんなに上手（うま）いっていうの？

だったら聴いてやろうじゃないの。自信満々のその歌を！


その日は一日中そわそわして落ち着かなかった。

結局、今日の放課後、軽音部の見学に行く約束をしてしまったのだ。もちろん入るつもりはないけれど……うまく断れるか、心配になってきた。

授業中、隣を見ると、鮎川はいつものように机に突っ伏して、のん気に寝ていた。

わたしはなんだか拍子抜けしてしまう。

大丈夫なのかな、このひと。

授業真面目に受けないと、また留年になっちゃうんじゃ……。

考えかけて、やめた。

関係ない。こんな自分勝手なひと。また留年しちゃえばいいんだ。

隣の席から顔をそむけ、ノートの上に置いた指先を見下ろす。

『嘘だろ。千紗ちゃん、ピアノ弾けるでしょ？　昨日車の中で音楽聴きながら、指動いてたもん』

頭の中にその言葉が響いてきて、わたしはぎゅっと強く、両手を握りしめた。


昼休みになると、今日も鮎川は男子生徒と一緒に教室から出ていった。

どうやら売店で売っているカレーパンが、彼らのお目当てらしい。おいしいと評判なんだそうだ。

わたしはその姿を横目で見送ってから、ひとりでお弁当箱をひらく。

今日もお弁当箱の中には、キャラクターの顔をしたポテトが入っている。

「梨本さん」

するとまた、三人の女の子に声をかけられた。

ツインテールと、ショートヘアと、ボブヘアの子。名前はまだ覚えていない。

「梨本さん、軽音部入るんだって？」

「え？」

わたしは箸を持ったまま、顔をしかめる。

どうしてそんな話になるわけ？

「鮎川くんが言ってたよ」

あのおしゃべりめ。

「わたし、入るなんて言ってないよ。今日見学に行くことにはなっちゃったけど……」

「てことは、梨本さんピアノできるんだ！」

ツインテールの子が、憧れのアイドルでも見つめるような、キラキラした瞳で聞いてくる。

「え……」

言葉に詰まったわたしの前で、残りのふたりもしゃべりだす。

「鮎川くん、ピアノ弾ける子探してたんだよ」

「わたしたちも誘われたんだけど、ピアノなんかできないし」

「いいなー、梨本さん。鮎川くんのバンドに入れるなんてすごい！」

「ちょっ、ちょっと待って！　わたしバンドに入るなんて、まだひと言も……」

するとボブヘアの子が、不思議そうに聞いてきた。

「え、入らないの？　もったいない」

「もったいない？」

「だって『伝説のバンド』だよ！」

ショートヘアの子が叫んで、あとのふたりも「うんうん」とうなずく。

わたしは思いっきり顔をしかめた。

「は？　『伝説のバンド』？」

「そうそう！　うちの学校では有名だよ」

「わたしたちは見たことないけど」

「は？」

ますます意味がわからない。見たことないのに？

「まぁ、見たことないから、わたしたちの間では『伝説のバンド』って言われてるんだけどね」

ツインテールの子がなぜか自慢げに語って、わたしの前の席に座りこちらを向いた。話が長くなるらしい。

仕方なくわたしも持っていた箸を置き、耳を傾ける。

「ほら、鮎川くんって留年してるでしょ？　だから凜先輩たちと同じ学年だったんだけど……そのひとたちが入学したばかりの春、部活の発表会でいきなり演奏したの。それが超カッコよかったらしくて、噂になって。秋の文化祭は体育館に学校中のひとが押し寄せて、軽音部のライブ会場になっちゃうくらい人気だったんだって」

わたしはぽかんとその話を聞いていた。

「でもわたしたちが入学した去年は、活動してなくて……」

「そのバンドが今年の文化祭に、復活ライブするらしいの！　すっごい気になると思わない！？」

ボブとショートの子たちも、ワクワクした様子でわたしの顔をのぞきこんでくる。

なんだかこの子たちも距離が近い……。

「でも……見たこともないんだよね？　本当にすごいのかどうかは……」

「すごいに決まってるよ！　なんたって『伝説のバンド』だよ！」

「そんなバンドに入れるなんて……梨本さん、すごいよ！」

「だからわたしは入るとは……」

わたしの声を無視して、彼女たちが騒ぎだす。教室にいた他の子たちも、なにごとかと集まってくる。

「えっ、梨本さん、鮎川くんのバンドに入るの？」

「ピアノ弾けるんだ！」

「うらやましい！」

「わたしもピアノ弾けたらなー」

あっという間にわたしのまわりにひとだかりができる。

なんなの、このひとたち。距離感つかめない。

「でも応援するよ、梨本さん！」

「絶対ライブ見に行くから！」

「文化祭が楽しみだねー！」

わたしは反論する気もなくなって、ただ彼女たちの声にうなずいていた。


「あー、よく寝たぁ」

午後の授業が終わると、鮎川は体を起こして伸びをした。わたしはちらっと横目で見てから、すぐに目をそむける。

「じゃあ千紗ちゃん、行きますか」

バッグを肩にかけた鮎川が、マスクの下でにかっと笑って席を立つ。

教室にいる女の子たちが、にこにこ笑ったり、手を振ったりしながら、こっちを見ている。

「ほら、早くー、千紗ちゃん！」

鮎川の声に、しぶしぶ立ち上がる。たくさんの視線が痛くて、うつむいてしまう。

「がんばってねー、梨本さん！」

「ファイトー！」

どうしてこうなってしまったのか。まったく意味がわからない。

わたしはただ、ひとりで淡々と、学校生活を送れればいいと思っていたのに。

「千紗ちゃーん！　早く来いって！」

廊下で鮎川が呼んでいる。わたしは背中を丸めて、逃げるように教室から飛び出した。

二年生の教室の廊下をずんずん歩いて、階段を下り、鮎川は昇降口に向かった。てっきり音楽室にでも行くのかと思っていたわたしは、慌てて鮎川の背中に声をかける。

「ねぇっ、どこに行くの？」

「どこって、部活だよ」

鮎川が下駄箱からスニーカーを取り出し、にっと目を細める。

「部活って……」

言いかけたわたしの目に、見慣れた姿が見えた。昇降口のドアのところに、紺色のネクタイの先輩たちがいる。

「やっほー、千紗ちゃん、いらっしゃい！」

にこにこ手を振っているのは凜さんだ。

そしてその隣。

にらむような目つきで、軽く手を上げるのは、昨日教室に来たツンツンヘアのひと。

さらにもうひとり、前髪の長いひとが、無表情のままわたしに向かって頭を下げる。

このひとたちが、鮎川のバンドのメンバーなのだろうか。

なんだかちょっと……怖い。

「おまたせー、この子が千紗ちゃんね」

鮎川に背中を押され、先輩たちの前に押しだされた。三人の視線がわたしに集まり、顔がひきつる。

「あらためてよろしくー。軽音部でドラム叩(たた)いてる梅津凜でーす」

え、ドラム？　このモデルみたいに細くてスタイルのいい凜さんが、ドラム？

意表をつかれたわたしの前で、ツンツンヘアのひとが言う。

「おれは久保寺大輝(くぼでらだいき)。ギターやってんだ。アユとは中学からの腐れ縁」

大輝さんはくるっと背中を向けて、ギターケースを見せる。

「ぼくは剣持伊織(けんもち)です。ベース担当。よろしくお願いします」

伊織さんがぼそっとつぶやく。

「伊織は曲も作ってくれてるんだよ。天才なの！」

そういえば鮎川も曲を作るとかなんとか言っていたけど……コピーバンドじゃなく

て、ちゃんとオリジナルの曲をやっているんだ。

思っていたより、本格的かも。

「で、おれがボーカルの鮎川寛人です！」

「知ってるし」

わたしがつぶやいたら、鮎川がけらけら笑った。こいつ、ホントにいっつも楽しそうだ。

「じゃあ行こうか、千紗ちゃん」

「行くって、どこへ？」

わたしの質問に凜さんが答えてくれる。

「ああ、うちの学校ね。ふたつある音楽室は吹奏楽部と合唱部が使ってるから、わたしたちは校外で活動するのを許してもらってるの」

「校外？」

「伊織んちだよ。こいつの家には防音室があるからさ」

大輝さんが伊織さんの肩をぽんっと叩く。

「うちの親が音楽関係の仕事をしてるんで。趣味で庭に防音室を作ったんです」

「趣味っていっても、ガチなスタジオと変わんねーから。こいつんちヤベーよ」

呆然（ぼうぜん）とするわたしの背中を、鮎川が押した。

「まぁ、とにかく行こうよ。こっちこっち！」

「ちょっと待って……他の部員は……」

わたしの声に、鮎川はきょとんとした顔をしたあと、すぐに笑って答えた。

「他の部員なんていないよ。この四人だけだから」

「え？」

「もともと軽音部なんてなかったからな、うちの学校には。おれたちが作って、いまだにおれたちだけ」

「ええっ？」

それって本当に部活と認められているの？　ただ仲良しグループが集まって、楽しくバンドやってるだけって気がするけど。

「まぁまぁ、いいじゃん。青センがいいって言うんだからさ」

「青山先生が？」

鮎川がわたしの前でうなずく。

「うん。青センは軽音部の顧問だからね」

あのバリバリ体育会系の青山先生が？

頭の中が「？」でいっぱいになってパンクしそうだ。

「もうごちゃごちゃ言ってないで、さっさと行くぞ！」

わたしの腕を鮎川がつかんだ。戸惑うわたしを無理やり引っ張り、鮎川がどんどん歩く。他の先輩たちもついてくる。

転校三日目、こんなことになるなんて、夢にも思っていなかった。

4　ゆれる

　校門を出て、海沿いの道を歩いて数分。

　海を見渡すように立っている、三階建てでコンクリート壁の豪邸が、伊織さんの家だった。

「おじゃましまーす」

　鮎川は、おしゃれなデザインの門を気軽に開け、緑の芝生の広い庭へ入っていく。先輩たちもぞろぞろとそのあとに続く。

　家の横にガレージがあり、高級車が停まっていた。その隣に離れのような建物があり、そこが軽音部の部室なのだという。

「さ、千紗ちゃんも、入って入って」

　鮎川が重厚なドアを開き、まるで自分の家のようにわたしを招き入れる。

「お、おじゃまします」

　わたしはおそるおそる、薄暗い部屋の中を見まわした。

「わぁ……」

　そこはたしかに趣味というには本格的すぎる空間だった。

壁は一面だけ鏡張りになっていて、ドラムやギター、マイクやスピーカー、その他よくわからない機材がぎっしり並んでいる。

小さいころ、お父さんに連れていってもらった音楽スタジオと同じだ。

「スゲーだろ。ここ使ってないっていうからさ、おれたちの部室にしてもらったわけ。楽器もそろってるし。アユなんかギターをたまに借りていったりしてる」

大輝さんが慣れた様子で位置に着き、ギターを背中からおろす。

「お金持ちのお坊ちゃんだからねぇ、伊織は」

凜さんは肩にかけていたバッグを床に置くと、白いシャツの袖をまくり上げる。

「ピアノはないけど、キーボードならあちらにあります」

わたしの後ろから、ぼそっと声がかかった。ドラムセットの隣を指さしている伊織さんだ。

「あ、あの、わたし……まだピアノ弾くとは……」

「はいはい。とにかく千紗ちゃんはここに座ってて」

鮎川が椅子を用意し、わたしを無理やり座らせる。そして目の前にマイクをセットして言う。

「そこでおれの歌を聴いてればいいよ。絶対入る気にさせてやるから」

あきれた。どこからくるんだろう、その自信は。

しかもこんな目の前で歌われたら……恥ずかしいじゃないの。

「準備できたらいつものやるぞー」

「ほーい」

「今日はお客さんがいるから、ちょっと緊張するね」

みんながそれぞれ準備をはじめる。わたしは座ったまま、ずずっと椅子を後ろにずらし、真ん中のマイクから距離をとった。

「そんなに逃げなくてもいいのに」

わたしを見た鮎川が、おかしそうに笑う。

「オッケー、いつでもいいよ」

ドラムセットの椅子に座り、スティックを持った凜さんが声をかける。

「ぼくも大丈夫です」

「おれも」

ベースの伊織さんは右から、ギターの大輝さんは左から答える。

「それじゃー、今日は千紗ちゃんのために歌いまーす!」

おどけた調子の鮎川に、わたしは思いっきり顔をしかめた。けれど鮎川は気にもせず、マイクの前に堂々と立つ。そして白いマスクをはずし、わたしに笑いかけた。

はじめて会ったときと同じ笑顔。わたしの心臓が、不覚にもドキッと跳ねる。

鮎川がマイクをつかみ、目を閉じた。その瞬間、室内の空気が一変する。

わたしのまわりから音が消えた。まるで深い海の底へ、潜りこんでしまったかのように。

思わず息を止めたわたしの前で、鮎川が息を吸う。そして——。

「え……」

聞こえてくるのは鮎川の声だけ。声だけがわたしの鼓膜を震わせて、胸の奥に入り込む。

これは……なに？　いつもの鮎川じゃない。

切なくて、いまにも消えてしまいそうに儚くて、でも決して消えなくて、心に傷あとのように残る声。

痛い。誰かの歌を聴いて、胸が痛くなったのなんてはじめてだ。

ズドンッと低い音が響いた。わたしは海底から浮上して、ハッと水面に顔を出す。

凜さんがドラムを叩いていた。あの細い体からは想像のできない、強くて重い音。

その音に伊織さんのベースと、大輝さんのギターが重なる。

わたしは顔を上げた。マイクスタンドの向こうに立つ鮎川が、にやっと口元をゆるめる。

ヤバい。やられた。

呆然とするわたしに向かって、鮎川がマイクを通さず言った。

「見惚(みと)れてるんじゃねぇよ、おれに」

かあっと顔が熱くなる。

誰が……誰があんたになんか見惚れるか！　バッカじゃないの！

曲が流れる。思わず体を揺らしたくなるような、心地よいリズム。

鮎川がマイクに向かって、また歌いはじめる。わたしは膝(ひざ)の上で、強く手を握る。

全身を使ってビートを刻む、凜さん。

正確で隙のない音を響かせる、伊織さん。

時に激しく、時に優しく、メロディーを奏でる大輝さん。

その音に、鮎川の歌が重なる。出だしの儚い声とは違う、伸びやかな声で。

胸が痛くて、ざわざわと疼(うず)く。

いますぐ立ち上がって逃げ出したいような、ずっとここで縛りつけられていたいような、不思議な気分。

わたしはどうしたいのだろう。

暴れ出しそうになる指先をもう片方の手で、必死に押さえつけた。

「どうだった？　千紗ちゃん」

演奏が終わると、ケロッとした顔で鮎川が言った。

わたしはぎゅっと唇を結び、鮎川をにらみつける。

「入る気になったでしょ？」

「そんなこと……言ってない……」

「頑固だなぁ、千紗ちゃんは」

鮎川がけらけらと笑う。そしてマイクから離れ、わたしの椅子の前にしゃがみ込んだ。

「ピアノ、どうしてやめちゃったのか知らないけどさぁ」

鮎川の目が、まっすぐわたしを見つめている。

「まだ忘れられないんだったら、やったほうがいいよ。できるときにやっとかないと、あとで後悔するかもよ？」

「後悔なんか……」

しない？　本当に？

わたしは膝の上で指を広げた。ピアノなんか、もう何年も弾いていない。

『わたしの前で、二度とピアノなんか弾かないで！』

その声が頭に響いて、ぎゅっと目を閉じる。

「まぁまぁ、アユ。そのくらいにしといてやれよ。無理やりやらせるのはかわいそうだよ」

大輝さんの声が聞こえた。わたしはうつむいた顔を上げられない。

「そうですよ。彼女にも事情はあるんだろうし」

伊織さんの声も聞こえる。わたしはますます体を縮める。

「うん。千紗ちゃんの好きなようにさせてあげよう。アユの気持ちもわかるけどさ」

凜さんも言ってくれた。なんだか申し訳なく思えてくる。

「アユ？」

ドラムの椅子から、凜さんが立ち上がった。わたしはそっと顔を上げる。目の前にしゃがんでいる鮎川が、うつむいたまま動かない。

「アユ！　大丈夫？」

凜さんが素早く駆け寄って、鮎川の顔をのぞきこむ。すると鮎川がゆっくりと顔を上げて、凜さんに向かって笑いかけた。

「うん。大丈夫。でもちょっとバテた」

へらっと笑って、鮎川が立ち上がる。

「やっべー、体力全然ねーし！」

大輝さんと伊織さんも、心配そうな顔で鮎川を見ている。

「でも今年の文化祭は、絶対ライブやるから。だっておまえらにとっては、最後の文化祭だもんな」

「アユ……」

「だからその日のために、今日は帰って寝ます！」

鮎川がそう言って、さっさと帰る支度をはじめた。わたしはどうしていいのかわからず、立ち上がる。

「おばさんに迎えに来てもらいなよ」

凜さんが鮎川の背中に声をかける。

「大丈夫、大丈夫。いまから行けば、バス乗れるし」

「おまえ、無理してねーか？」

「してない、してない。全然平気！」

顔をしかめた大輝さんに笑いかけると、鮎川はマスクをつけてわたしを見た。

「千紗ちゃんも、帰るだろ？」

わたしは慌ててうなずく。

「じゃあ一緒に帰ろう」

鮎川が手を振って、部屋から出ていく。わたしは先輩たちにぺこっと頭を下げ、鮎川のあとを追いかけた。

伊織さんの家のすぐ前に、バス停があった。時刻表を見ると、鮎川の言ったとおり、もうすぐバスが来るところだった。

よかった。一時間に数本しかないなんて、なんて不便なところなんだろう。

わたしはちらっと振り返る。鮎川はベンチに座りこんでいる。

やっぱり具合が悪いのかもしれない。

「鮎川……」

鮎川はうつむいたまま、ベンチの上をとんとんっと指先で叩いた。ここに座れということか。

わたしはおとなしく、鮎川の隣に腰かけた。少しの距離をあけて。

「あー、もう……情けねぇなぁ……」

隣で鮎川がつぶやく。

「一曲歌っただけでバテちゃうなんて……ほんと情けねぇ……」

「そんなのしょうがないよ。病み上がり……なんだから」

自分で言って、違うな、と思った。

鮎川はたぶん、ただの風邪なんかじゃない。

もしかしたら、もっと、重い病気なのかもしれない。

鮎川がいつもかぶっている帽子も、ほとんどつけているマスクも、きっとその病気に関係していて……。

「……おれ、さ」

少し黙り込んだあと、鮎川がつぶやいた。わたしに顔を向けないまま。

「留年してるって、聞いただろ？」

「……うん」

「去年、ほとんど学校行けなかったんだ。入院してたから」

わたしはうなずく。うなずくことしかできない。

空と海が、鮎川の帽子と同じ、オレンジ色に染まっている。今日がもうすぐ終わろうとしている。

「でもあいつら、おれのこと、ちゃんと待っててくれてさ。あ、学年は置いてかれたけど」

小さく笑って、鮎川は続ける。

「おれのいない間も、毎日練習続けてて……新しい曲なんか作っちゃってさ。もう一度アユと一緒にステージ立ちたいなんて、泣かせること言ってくれて……」

学校のほうからバスが走ってくるのが見えた。

「だから文化祭までは、絶対死ねないって思ってる」

手のひらに、じわりと汗がにじむ。心臓が嫌な音を立てる。

死ねないって——なに？

「来たよ。バス」

鮎川が立ち上がる。その背中を見上げたら、わたしの口から自然と言葉がこぼれた。

「死ぬわけないじゃん」

淡い西日の中、鮎川がゆっくりと振り返る。

「死ぬわけないじゃん。あんたみたいな、図太いやつ」

わたしを見つめて、鮎川が笑った。その笑顔が、さっき聴いた曲の、儚(はかな)い歌声と重なって……。

「バーカ。泣いてんじゃねーよ」

「泣くわけないでしょ！　バカ！」

「千紗ちゃんって、意外と涙もろいのな」

「だから泣いてないって！　誰があんたのために泣くか！」

バスが停まった。わたしはオレンジ帽子を追い越して、さっさとバスに乗り込む。

そんなわたしの後ろから、明るい笑い声が追いかけてくる。

わたしは座席に着く前に、目元ににじんだ熱いものを、手の甲で強引に振り払った。

5　つながる

翌朝、わたしはバスに乗ってから落ち着きがなかった。

すぐ次のバス停に着き、何人かの客が乗りこんでくる。

けれどその中に、鮎川の姿はない。

今日は、お母さんに送ってもらうのだろうか。それともまだ具合が悪くて……。

『だから文化祭までは、絶対死ねないって思ってる』

鮎川の声が頭に聞こえる。胸の奥がざわざわする。昨日からずっと、その言葉がわたしの頭をまわり続けている。

だけどどうすることもできなくて、ただもどかしいだけで……なんだか悔しい。

なにもできない自分に対しても――。

こんな気持ちにさせた鮎川に対しても――。

わたしは膝（ひざ）の上でぎゅっと両手を握りしめる。

なんでわたしはあいつのことを、こんなに考えているんだろう。

バスから降りると、チリンッと自転車のベルの音がした。

「千紗ちゃん！」

立ち止まったわたしの前に、凜さんの自転車が停まる。

「おはよ」

凜さんがさわやかに笑いかけてくる。

「おはようございます。あの、昨日は、すみませんでした。せっかく誘ってもらったのに、中途半端で帰っちゃって……」

「ううん。いいの、いいの。またいつでも遊びに来てよ」

こうやって立ち話をしているだけで、何人かの生徒が凜さんのことをチラ見する。男子生徒も、女子生徒も。上級生も、下級生も。

それほど凜さんは美人で目立つのだ。

「あ、アユ、もうすぐ来るよ。おばさんの車で」

「そうですか」

わたしはほっと息をつく。よかった。もしかしたら、学校に来ないかもって思っていたから。

凜さんはそんなわたしを見つめて、ほんの少し微笑む。

「千紗ちゃんは……アユのこと、どこまで知ってるの？」

「え……」

わたしはごくんと唾を飲む。昨日、バス停で聞いた話を思い出す。

「去年……入院してたって。それで、留年したって……聞きました」

凜さんが静かにうなずく。

「あの、でも大丈夫なんですよね？　もう学校に来てるし、授業とか普通に受けてるし……だいたい机に突っ伏して寝てるけど……」

それを聞いた凜さんが、あははっと声を上げる。

「寝てるのはまずいなぁ。今度は成績悪くて、留年しちゃうんじゃない？」

凜さんはいたずらっぽく笑ったあと、ほんの少しだけ目を伏せた。

「わたしはあいつのそばにいられないからさ。千紗ちゃん、よろしくね、アユのこと。ちょっと面倒なやつだから、大変かもしれないけど」

凜さんが、にっこりわたしに微笑んだ。そして「またね！」と言って去っていく。

わたしはその背中を見送りながら思う。

凜さんと鮎川って、どういう関係なんだろう。

もしかして、ただの幼なじみとはちょっと違うんじゃないのかな……なんて思った。

「おっはよーございまーす！」

ホームルームの最中に、鮎川がやってきた。いつも以上に騒がしく。

教室内の空気が、一気に華やかになるのがわかる。

「鮎川ー。そんな堂々と遅刻してくるやつがあるか？」

青山先生がまたあきれている。

「すみませーん。昨日遅くまで集中してたら、寝坊しちゃいました」

「集中って、勉強にか？」

「いや、曲作りっす。文化祭には新曲披露するんで。みんな体育館に見に来てなー」

教室の中がざわめきだす。女の子たちがキャーキャー言っている。

鮎川が人気者だってことは、十分認める。認めるけど。

「鮎川！　おまえはそんなことより勉強しろ！　もう一度二年生をやりたいか？」

「いや、それ勘弁。永遠に高二をループするなんて、冗談じゃないっす」

男子生徒がげらげら笑っている。青山先生が「静かにしろー」と怒鳴る。

すたすたと歩いてきた鮎川が、わたしの隣の席にどさっと座った。

「おはよ。千紗ちゃん」

「……おはよ」

前を向いたまま、なんでもないように答える。

「新曲のイントロはピアノソロではじまるから」

「は？」

「千紗ちゃんの見せ場作ったからなー。楽しみだ」

「ちょっ、わたしまだ入るなんてひと言も！」

まわりの視線がわたしに集まる。

ヤバい。つい興奮して、大声をあげてしまった。

「梨本ー。鮎川とバンドやるって聞いたが、ほどほどにしとけよ」

「や、やりません！」

こいつー、先生にまでいい加減なこと言って……病気のこと、心配して損した！

「梨本さん、やっぱり軽音部入ったんだー」

「カッコいいー！」

女の子たちがまた黄色い声を上げる。

わたしは鮎川をにらみつけた。鮎川はマスクをしたまま、にやにや笑っている。

「弾いてよ。ピアノ」

ふいっと顔をそむけ、耳だけ鮎川に傾ける。

「おれ、聴きたいよ。千紗ちゃんのピアノ」

バカじゃないの。そんなこと言われたらわたし……。

膝の上で、動き出しそうな指をぎゅっと握る。大きく息を吐き、暴れる心臓を落ち着かせる。

わたしはもう気づいていた。

封印したはずのピアノへの想いが、とっくに溢れ出していることに。

放課後、わたしはまた伊織さんちの防音室に来ていた。

鮎川に無理やり誘われ、教室内の雰囲気にも逆らえず、なんとなく流されてしまったのだ。

「千紗ちゃーん！　こっちこっち」

「なんでもいいから弾いてみて」

わたしはキーボードの前に立っている。鮎川に無茶ぶりされて。

「アユ。千紗ちゃん嫌がってるだろ？」

大輝さんが横から、助け船を出してくれた。顔は怖いけど、いいひとなんだ、大輝さんは。わたしが困っていると、すぐに助けてくれる。

「嫌がってないよ。千紗ちゃんは頑固なだけ」

「頑固なのはおまえだろ。無理やりやらせるなって言ってるだろーが！」

「うるせーなぁ。おまえは黙ってギター弾いてりゃいいんだよ」

「は？　なんだよ、その言い方。だいたいおまえは自分勝手すぎ……」

「あー、はいはい。そこまで！」

喧嘩（けんか）になりそうなふたりの間に、凛さんが飛び込んだ。

「アユ。あんた、千紗ちゃんや大輝の気持ちを、もっと考えたほうがいいよ」

「おれ、考えてるけど？」

「考えてねーだろ！　おまえはいつだって自分勝手すぎる！」

また言いあいがはじまって、凛さんが止めに入る。

わたしがあせっていたら、伊織さんが冷静につぶやいた。

「いつもこんな感じなんで。気にしないでいいですよ」

「あ、はぁ……」

伊織さんはマイペースに、ベースを弾きはじめる。どんなときでも落ち着いている伊織さん、素敵だ。

大輝さんはまだ文句を言っていて、凛さんがなだめていた。

バラバラになった空気の中、わたしはキーボードの前で声を出す。

「あのっ」

みんなの視線がわたしに集まる。

「わたし……ちょっと弾いてみます」

「おおっ、待ってました！」

無邪気に手を叩（たた）く鮎川を、鋭くにらむ。

「言っとくけど、あんたに言われたからじゃないから。なんとなく弾きたくなっただけ」

凛さんがくすくす笑っている。

「そうだよ、弾きたいときに弾けばいいんだよ。アユはなんでも無理やりすぎる」

鮎川がぶすっとむくれている。わたしはそんな鮎川を無視して、白と黒の鍵盤(けんばん)を見下ろした。

久しぶりだ。こうやって鍵盤と向き合うのは。

心臓がドクドクと波打つ。

弾けるかな。弾けないかもしれない。ううん、きっと弾ける。

目を閉じ、曲をイメージする。

そうだ、あの曲。鮎川の車の中で聴いた曲。

お父さんの好きな、あの歌を弾こう。

頭に鳴り響く音を聴きながら、指を鍵盤にのせる。

そのときだ。わたしの耳に、あの声が聞こえた。

『わたしの前で、二度とピアノなんか弾かないで!』

指が途端に震え出す。止めようと思っても止まらない。

なんで？　弾こうと思ったのに。弾けると思ったのに。

お願い。わたしの邪魔をしないで。わたしにピアノを弾かせて。

頭の中では曲が鳴り響く。

なのにわたしの指はガタガタ震えるだけで、思うように動いてくれない。

気づいたら息が苦しくなっていて、わたしは手を下ろしてつぶやいた。

「……ごめんなさい」

まだ震えが収まらない。

「やっぱりわたし……弾けません」

悔しくて、悲しくて、もどかしくて、涙が出そうになる。

顔を上げたら鮎川がわたしを見ていた。凜さんや、大輝さんや伊織さんも、わたしのことを見つめている。

「ピアノは……他のひとに、弾いてもらってください」

わたしはぺこりと頭を下げて、部屋を飛び出した。


防音室を出て、広い庭を抜け、海沿いの道路まで走った。

肩で息をしながら、バス停のそばのベンチに腰かける。

「なにやってるんだろう……わたし」

情けなさに頭を抱えて、背中を丸める。

『おれ、聴きたいよ。千紗ちゃんのピアノ』

本当は、嬉しかったんだ。鮎川にあんなこと言われて。

ここでなら、昔みたいにまた弾けると思ったんだ。

それなのに……。

膝の上で手のひらを広げる。指がまだ、みっともなく震えている。

鍵盤の上にのせただけで、こんなふうになっちゃうなんて……。

じわっと目の奥が熱くなる。

これはきっと罰だ。罪のないピアノを、嫌いになった罰。

ピアノの神様がわたしに、罰を与えたんだ。

ぽたりと手のひらに涙が落ちる。そんなわたしの手を、あたたかい手が包み込んだ。

「え……」

隣を見る。いつの間にか座っていた鮎川が、わたしの手を握っている。見たこともない、真面目くさった表情で。

「……ごめん」

「え？」

わたしは驚いて聞き返す。

「おれ、やっぱり自分勝手だったな。ごめん、千紗ちゃん」

そんなセリフを口にする鮎川が信じられなくて、わたしは呆然とその顔を見つめる。

「あー、やっぱおれはダメなやつだ。なのにこんなダメ人間を、見捨てないでいてくれるあいつらって、マジ天使なんじゃねーの？」

わたしの手を握ったまま、鮎川が空を仰ぐ。わたしはきょとんとしたあと、くすっと笑ってしまった。

もしかして先輩たちに「自分勝手」って言われたこと、反省してるの？

「そうだね。バンドの先輩たちは、天使だよ。鮎川みたいなしょうもないやつを、ちゃんと待っていてくれるなんて」

「千紗ちゃんには言われたくなかった」

鮎川が口をとがらせてわたしを見る。

「でも……」

握った手に、鮎川が力を込める。

「ごめん。そんなに嫌だったなんて、思ってなくて」

わたしは静かに首を横に振る。鮎川に手を握られて、震えはゆっくりと収まってきた。

「ううん。嫌じゃなかった」

鮎川の隣でつぶやく。

罰なんだ」

「嫌じゃなかったのに、指が動かなかった。大好きだったピアノを、大嫌いになった

鮎川はじっとわたしの顔を見つめている。

「だけどわたし……嬉しかったから」

こんなこと言うつもりはなかったのに。わたしは心の声を、素直に口にしていた。

「鮎川に聴きたいって言われて、嬉しかったから……だから弾きたいと思った」

隣で鮎川が静かにうなずく。

「じゃあ大丈夫だよ」

わたしはぐすっと洟をすする。

「きっと弾けるようになるよ」

「でも……」

「大丈夫だって。千紗ちゃんが弾けるようになるまで、おれがそばにいてやるから」

鮎川に握られた手を、わたしは握り返す。そして涙声でつぶやく。

「鮎川にそばにいられたら、余計弾けなくなる」

「ひどいなー、千紗ちゃんは」

わたしの声に鮎川が笑った。その明るい声が、青い空へ吸い込まれていく。

「あ、バス来た」

道路の向こうから、バスが走ってくるのが見えた。

「一緒に帰ろう」

鮎川がわたしの顔をのぞき込む。

「……戻らなくていいの？　みんなのところへ」

「うん。千紗ちゃんをちゃんと送っていけって、大輝に怒られたから」

そう言って鮎川がまた笑う。わたしも笑って、つないだ手に少しだけ力を込める。

鮎川の手はすごくあたたかくて。いつの間にか震えは、すっかり消えていた。

6　はきだす

「こっちだよ、千紗ちゃん」

次の日の放課後。わたしは鮎川に連れられて教室を出た。

わたしはなぜか軽音部に入部したと思われていて、鮎川と一緒に教室を出ていく背中に、「梨本さん、いってらっしゃーい」「練習がんばってねー」なんて声をかけられる。

いちいち反論するのも面倒になり、そのままでいるけれど。

でもクラスのみんなが意地悪で言っているんじゃないってことはわかる。

この学校のひとたちは、わたしなんかよりずっと素直でまっすぐだ。

「え、鮎川、どこ行くの？」

てっきりまた、伊織さんちに連れていかれるのかと思っていたら、鮎川は一階の中庭にある渡り廊下を渡って、いまは使われていない旧校舎へ向かっていく。

外はしとしとと雨が降っていた。中庭の草木がしっとりと濡れている。

「ねぇ、こっちって……立ち入り禁止なんじゃ……」

「大丈夫」

鮎川が振り返り、へへっといたずらっぽく笑う。その手には、鍵(かぎ)がぶら下がっている。

「なにそれ……」

「これで旧校舎に入れるんだ」

渡り廊下を渡ると、鮎川は鍵で校舎のドアを開いた。

「ど、どうしたの、それ！　まさか盗んできたんじゃ……ふ、不法侵入？」

「そんなんじゃねーよ。これは青センが貸してくれたの！」

「青山先生が？」

首をかしげるわたしの前で、鮎川がうなずく。

「『生きる希望もなく、死んだように生きていた転校生の梨本さんが、やっとやる気になったんです！』『ぼくは彼女の力になりたいんです！』って頼んだら、貸してくれたよ」

「はあ？　なにそれ。そんなこと先生に言ったの？」

「だって本当のことじゃん」

にやにや笑っている鮎川の前で、わたしはなにも言えなくなった。大げさだけど、少しは合っている――かもしれない。

「こっちの校舎の音楽室にさ。古いピアノが置いてあるんだ」

「ピアノが？」

この学校は今年から、すべての授業や活動を新校舎で行うことになったらしい。

旧校舎は取り壊されずにまだ残っているけれど、教室内の備品などは、すべて移動が終わっているはずだ。

「そのピアノ、本当はよその施設に寄贈されるはずだったんだけど、予定が変わってまだ置きっぱなしなんだって」

「へぇ、そんなこと、よく知ってたね」

「吹奏楽部の部長に教えてもらったんだ。おれ、顔が広いからさ」

たしかに鮎川は、二年生にも三年生にも知り合いが多そうだ。

廊下を歩いているだけで、しょっちゅう誰かに声をかけられている。

「そのピアノを梨本さんの練習に使わせてほしいって青センに頼んだら、オッケーしてくれたんだよ」

いいのかなぁ……わたしなんかのために。なんだか申し訳ないような……。

「弾けるようになるには、まわりにひとがいないほうがいいのかなって思って。『その代わり文化祭がんばれよ』って、青センが言ってた」

「ちょっとー！　わたしまだ出るなんて言ってないのに！」

誰もいない階段をのぼりながら、鮎川がけらけら笑っている。

それに……弾けるかどうかもわからないのに。

わたしは手と手を重ねて、きゅっと握りしめる。

耳にはふたりの足音と、かすかな雨音だけが響いていた。


「ここだよ」

鮎川が教室のドアを開く。旧校舎の音楽室だ。机などはすべてなくなっていて、古いアップライトピアノがポツンと置いてある。

なんだかそれはすごく、寂しそうに見えた。

鮎川がピアノに近づき、静かに蓋を開く。

胸がぎゅうっと痛くなる。昨日弾けなかった、情けない自分を思い出す。

「こっちにおいでよ」

ピアノの前で、鮎川がわたしを呼ぶ。だけどわたしの足は、凍りついたように動かない。

鮎川はそれ以上、わたしに無理は言わなかった。その代わりピアノに向き合い、ひと差し指を鍵盤の上に落とす。

ぽーんっとひとつ、静まり返った音楽室に音が響いた。

懐かしい。ピアノの音を聴いたのは、久しぶりだ。

するとと鮎川が、両手を鍵盤の上に置いた。そしてゆっくりと曲を弾きはじめる。

「あっ……」

それは誰もが知っている曲……。

「ねこふんじゃった！」

「あたり」

鮎川が笑いながら弾いている。

わたしは昔を思い出す。わたしもよく弾いていた。お父さんの膝の上で。

「鮎川、ピアノ弾けたの？」

「ちょっとだけな。小さいころ、凛がピアノ習ってて。その練習につきあわされてるうちに、自然と覚えちゃった」

そうなんだ。凛さんとは幼なじみだもんね。

わかっていたはずなのに、なんだか胸の奥がもやもやする。

一曲弾き終えると、鮎川がこっちを見た。わたしはそんな鮎川に向かって言う。

「わたしはピアノ、ちゃんと習ったことないんだ。ただお父さんがピアニストで家にピアノが何台かあったから、お父さんのまねしてずっと遊んでただけで」

「え、ちょっと待って！　お父さん、ピアニストなの？　プロの？」

「あ、うん。いちおう……ジャズやってる」

「ガチじゃん。それ」

鮎川が目を輝かせて、わたしを見つめる。

「で、でもわたしは、バンドとかやったことないし……いつもひとりで弾いてただけだから。もし弾けたとしても、鮎川の期待には応えられないと思う」

むしろ凜さんが弾いたほうが、いいのではないだろうか。なんなら鮎川が、ピアノ弾きながら歌うとか？

「大丈夫、大丈夫。おれ、車の中で、無意識に指動かしてる千紗ちゃんを見てさ。きっとこの子、ピアノ弾くのが好きなんだろうなーって感じたんだ」

わたしの顔が熱くなる。

「だからそれだけでいいよ。おれたちだって素人だし」

「えっ、そんなことないでしょ。先輩たちすっごく上手かったし、クラスのみんなは、『伝説のバンド』なんて噂してるんだよ」

鮎川がピアノの前でおかしそうに笑う。

「それは言いすぎだって。おれたち高校入る少し前くらいから、楽器はじめたやつらばっかだよ」

「え、そうだったの？」

そうとはまったく思えなかった。みんなレベル高くて。

「実はおれ、中学のときに病気がわかってさ。血液のがんってやつで……わけがわからないまま入院して、治療がはじまって……」

鮎川が鍵盤に視線を落とし、指先でひとつ音を鳴らす。

「抗がん剤の副作用って、めっちゃキッいんだよ。マジでおれ、もう終わったって思ったな。でもそのとき入院先で出会った高校生が、バンドやってるひとで……響くんっていうんだけど……おれには響くんが、すっごいキラキラして見えたんだよね。で、退院したらおれもバンドやりたいってわがまま言ったら、凜が大輝たち誘ってこっそり練習してて……退院後、そこにおれも加わったってわけ」

「そう……だったんだ」

なんでもないように答えたけれど、心臓が激しく音を立てていた。

いま鮎川、さらっと「がん」って言わなかった？

「だけど一年の終わりに病気が再発しちゃって、また入院。あいつらには、悪いことしたなって思ってる」

わたしはドキドキしたまま考える。

だから今年こそは文化祭にみんなと出たいって、鮎川は思っているんだ。

鍵盤から指を離すと、鮎川がわたしに笑いかけた。

「てか、おれのことはいいから。こっちにおいでよ、千紗ちゃん」

「う、うん」

鮎川が手招きをする。わたしはそっと足を動かす。

鮎川の少しでも近くに、行きたかったから。

わたしがピアノに近づくと、鮎川は椅子に腰かけ、そっと端に寄った。わたしは空いているスペースに、ちょこんと腰をおろす。

目の前に、白と黒の鍵盤が見えた。

誰もいない部屋に、寂しく置かれていたピアノ。だけど鮎川に弾いてもらって、きっと喜んでいるだろう。

「……ごめんね」

わたしはピアノに向かってつぶやいていた。

大好きだったピアノなのに、大嫌いなんて言っちゃって。本当にごめんなさい。

「わたしのこと……許してくれる？」

指をそっと鍵盤の上にのせる。やっぱり震えがくる。弾けない。

でもわたしは震える指で、鍵盤の上を撫でる。優しく。そっと。「ごめんね」って謝りながら。

「小さいころ……」

わたしはひとり言のようにつぶやく。

「わたしがピアノを弾くと、みんなが嬉しそうに笑ってくれたの。お父さんもお母さんも」

いまでも思い出すのは、わたしのピアノのまわりに集まる、みんなの笑顔。

「だけど弟が生まれたころから、両親の仲が悪くなって……うちのお父さん、マイペースの自由人だから。いつだって音楽のことしか頭になくて、演奏のためなら家族をほったらかしで、日本中どこへでもふらっと行っちゃって……でもお母さんは、ちょっと発育の遅い弟を育てるのに必死で……それで喧嘩ばっかり」

隣を見ると、鮎川が怒った顔で言った。

「そりゃあお父さんが自分勝手すぎるよ。いくら仕事といったってさ。って、おれに言われたくないか」

わたしはふっと笑って、鍵盤に指を落とす。

ぼーんっと、低い音がひとつ響く。

「それでわたしね、泣いてばかりのお母さんに笑ってほしくて……笑ってもらうにはどうしたらいいのかって必死に考えて……ピアノを弾いたの。お母さんの前で」

あのとき弾いた曲はなんだっけ。そこだけ記憶が抜け落ちている。

鮎川はじっとわたしの声を聞いていた。

「だけどお母さんは怒った。きっとお父さんのことを思い出して、腹が立ったんだと思う。昔はお母さんも音楽が好きで、お父さんのピアノに合わせて歌ったりしてたのに。それでお母さんはわたしに……」

　言葉が詰まる。あの日のことを思い出し、胸が震える。

「お母さんはわたしに言ったの。『わたしの前で、二度とピアノなんか弾かないで！』って」

　鍵盤（けんばん）の上で、指が震えた。息が苦しくなって、深く呼吸をする。

　鮎川がそんなわたしの手を、ぎゅっと握りしめた。

「いいよ。あせらないで。ゆっくりいこう」

　わたしはこくこくと首を縦に振る。

「千紗ちゃんは悪くないよ。ピアノ弾いてもいいんだよ」

　わたしはもうひとつ、うなずいた。

　そしていままで誰にも話せなかったことを、全部鮎川の前で口にした。

　あのあとお父さんは、お母さんがわたしに言った言葉を知り、お母さんを責めた。

　ふたりは言い争いになり、それが離婚の決定打となった。

『ごめんな、千紗』

　お母さんと弟と一緒に家を出ていくことになったわたしに、お父さんが悲しそうに言った。

わたしのせいだ。わたしのせいで、家族がばらばらになった。

わたしがあの日、お母さんの前でピアノなんか弾いたから……。

だからわたしはピアノを嫌いになった。なろうとしたんだ。

でもやっぱりわたしは……大好きなものを大嫌いにはなれなかった。

ぽたりと鍵盤の上に涙が落ちた。そんなわたしの体を、鮎川が抱き寄せてくれた。

わたしは鮎川の体にしがみついて、はじめて声を大きく上げて泣いた。


校舎の外へ出ると、すっかり雨が上がっていた。

学校前のバス停に西日が差し、雨粒がキラキラ光っている。

そんな美しい光の中、わたしはぐしゃぐしゃの顔を隠すように、うつむいてベンチに座っていた。

「はい」

ベンチの前に立った鮎川が、わたしにスポーツドリンクを差し出してくる。近くの自販機で買ってきてくれたのだ。

「……ありがとう」

受け取ったけど、顔を上げられない。

旧校舎の音楽室。わたしは鮎川の胸に顔を押しつけて、わんわん大声で泣いてしまった。

ちょっと引くくらいに、ひどく。

そのせいで目が真っ赤に充血していて、まぶたは腫れぼったくなっている。

わたしの隣に鮎川が座った。飲み物を飲むのかと思っていたら、ぶはっと噴き出すように笑いはじめた。

「ひとの胸であんなに泣くひと、はじめて見たんだけど！　おれ、一生動けないかと思っちゃったじゃん。ったく、これ見てよ、千紗ちゃんの涙と鼻水のあとがべっとり」

慌てて顔を上げると、鮎川が白いシャツを見せつけてきた。たしかにシミができている。

「ご、ごめん……」

「なのに飲み物までおごってあげるおれって、ちょっと優しすぎない？」

「ごめんっ、お金払うっ」

財布を取り出し、お金を払おうとしたら、小銭が地面にばらまかれた。

「わー、なにやってんだよ！」

「ごめんなさーい！」

ああ、もうダメダメだ。自分がこんなにダメ人間だったなんて……。

おろおろしているわたしの前で、鮎川が小銭を拾ってくれた。

見下ろしたわたしの視界に、鮎川のオレンジ色の帽子が見える。

「ほら」

「あ、ありがと。じゃあ、これ……」

鮎川の手のひらに、飲み物代をのせた。わたしの指先が、鮎川の手に少しだけ触れる。

鮎川はまだ泣きそうな顔のわたしを見て、おかしそうに笑って言った。

「また来週も、練習しような？」

わたしはぼんやり鮎川の顔を見る。

あんなに泣いちゃって、今日だってまったく弾けなかったのに……来週もわたしにつきあってくれるの？

「……いいの？」

わたしが聞いたら、鮎川が答えた。

「弾けるようになるまで、おれがそばにいてやるって言ったろ？」

鮎川の顔が西日に照らされて、まぶしくて見えない。

ぐすっと洟をすすったわたしの前に、バスが静かに停車した。

「ただいま……」

鮎川とはバスの中で別れ、わたしは閉じた傘をぶら下げながら家に帰った。

するとキッチンから出てきたお母さんが、不思議そうな顔で口を開く。

「おかえり。ずいぶん帰りが遅いのね」

わたしの胸がびくっと震える。音楽室のピアノの音が、頭の中をよぎる。

「ああ、うん。部活入ったから」

お母さんの顔を見ないまま答えた。

「部活？　何部に入ったの？」

わたしは戸惑う。ピアノを弾こうとしていることは、やっぱり言えない。

「えっと……美術部だよ」

「美術部？」

とっさに言ってしまった言葉に、お母さんが顔をしかめた。

絵なんかほとんど描かないわたしが美術部に入るなんて、想像できないのだろう。

でもここで運動部の名前を口にしても、もっと顔をしかめられたはず。

「着替えてくるね」

そう言うと、逃げるように二階へ駆けあがる。

自分の部屋のドアを閉め、わたしは静かにため息をついた。

そしてベッドの上でスマホを取り出し、検索画面を開く。

さっき鮎川から聞いた話が、ずっと気になっていたのだ。

わたしはネットで検索する。鮎川は中学生のときに病名を告げられ、高一で再発したって言っていた。

再発する病気って？

ずらっと並んだいくつかの病名の中に、「がん」という文字を見つけた。

『血液のがんってやつで……』

鮎川の言葉を思い出す。

中学生、血液のがん……検索すると出てくるワード。

「小児がん」「白血病」……。

指先を震わせながら、さらに調べる。

抗がん剤、副作用……「吐き気」「嘔吐（おうと）」「脱毛」……。

あのニットの帽子。授業中かぶっていても、注意する先生はいない。きっと許可をもらっているんだろう。

わたしはスマホの画面を消し、ベッドの上に寝ころんだ。

『だから文化祭までは、絶対死ねないって思ってる』

死ぬ？　まさか。鮎川が死ぬわけない。

仰向けになって、両手を伸ばす。

この前聴いた、鮎川の歌を思い出しながら指を動かす。

鍵盤の上でなければ、こんなになめらかに動くのに。

『いいよ。あせらないで。ゆっくりいこう』

鮎川の言葉を思い出し、目を閉じる。

『千紗ちゃんは悪くないよ。ピアノ弾いてもいいんだよ』

うん。わたしは弾くよ。

いつかわたしのピアノを、聴いてもらいたいんだ。

自分勝手で、ひとの気持ちがわからなくて、でもいつも楽しそうに笑っていて、わたしのピアノを聴きたいと言ってくれた、鮎川に。

7　すすむ

翌週の月曜日、鮎川はバスに乗ってこなかった。

どうしたんだろう……。

スマホの検索画面が頭をよぎり、胸の中がざわざわする。

窓の外をながめると、空はどんよりと曇っていた。また雨が落ちてきそうだ。

バスを降り、ひとりで向かった昇降口に、凜さんがぼんやり立っていた。

その姿は、どこか寂しそうに見えた。

「凜さん！」

「あ、千紗ちゃん。おはよう」

凜さんはわたしに気づき、笑顔を見せる。

「今日ね、アユ、お休みだって。熱出ちゃったみたいで」

「え？　でも先週は元気だった……」

「よくあるんだ、こういうこと。病気のせいでね、免疫力落ちてるらしくて。でもきっとすぐ、ケロッとした顔で戻ってくるよ」

凜さんはそう言ってにっこり微笑む。

「そ、そうですよね」

「うん。だから心配しないで大丈夫だよって伝えたかったの。じゃあ、またね！」

「あ、はい」

手を振った凜さんが、颯爽と三年生の昇降口に向かっていく。

わたしはその後ろ姿を見送りながら思う。

凜さんは鮎川のことを、誰よりもよく知っている。

最近出会ったばかりのわたしなんかより、もっとずっと深く。

『小さいころ、凜がピアノ習ってて。その練習につきあわされてるうちに、自然と覚えちゃった』

幼いふたりが並んでピアノを弾いている姿が頭に浮かんで、わたしはそれを、そっと振り払った。


それから数日経っても、わたしの隣は空席のままだった。

熱が出たって言っていた。こういうこと、よくあるって……。

でもいつまで休むんだろう。本当に大丈夫なんだろうか。

頭の中が、ぐちゃぐちゃになる。

わたしは鮎川のことを、なんにも知らないからだ。

「あの……」

放課後、廊下で青山先生をつかまえた。

「ん？　どうした？　梨本」

「あの、鮎川くんのことなんですけど……えっと……大丈夫ですよね？」

先生は一瞬首をかしげるようにしてから、すぐに明るく笑った。

「ああ、休んでることか。大丈夫、心配ないよ。ちょっと熱が出て、大事を取って休んでいるだけなんだ。今日親御さんから連絡があって、もう熱も下がったから、来週は登校してくるってさ」

「よかった……」

思わずつぶやいてしまったわたしを見て、先生がまた笑う。

「来週からまた、うるさくなるな」

「そうですね」

「あんまり騒がしかったら、ガツンと言ってやっていいから」

「はい」

わたしも笑顔を見せたあと、思い切って先生に言った。

「あの、先生？」

「なんだ？」

「この前、鮎川くんが借りた、旧校舎の鍵なんですけど……」

「ああ……」

「今日も……貸してもらえないでしょうか？　ピアノの練習をしたいんです。できればこれから毎日……」

先生はじっとわたしの顔を見つめてから、うなずいた。

「わかった。だがこれは鮎川にも言ってあるが、あのピアノが引き渡されるまでの間だからな」

あのピアノ……どこかへ行ってしまうんだ。寂しいけれど、あそこで誰にも弾かれないよりはいい。

「はい。その日まででけっこうです」

「帰りはちゃんと鍵をかけて、職員室に戻すこと。いいな？」

「わかりました」

そうしてわたしは、青山先生に鍵を借り、旧校舎の音楽室へ向かった。

旧校舎は今日も静まり返っていた。窓ガラスにしずくがついている。雨が降ってきたんだ。

わたしはゆっくりピアノに近づき、ひとりで椅子に腰かける。隣に鮎川はいない。

『千紗ちゃんが弾けるようになるまで、おれがそばにいてやるから』

そう言ったくせに。鮎川は嘘つきだ。

蓋を開き、白と黒の鍵盤を見下ろす。目を閉じ、幼かったころを思い出す。

お父さんの好きな歌。

お母さんの好きな曲。

わたしが弾けば、みんな喜んでくれた。笑ってくれた。だけどもう、あのころには戻れない。

でもわたしは弾きたい。ピアノを弾きたいんだ。

目を開き、鍵盤の上に手をのせる。

深呼吸をして、カウントダウン。
三、二、一……。
お願い、わたしの指、動いて。

ぎこちなく動き出した指が、メロディーを奏でる。頭ではイメージできるのに、指が思いどおりに動いてくれない。

つまずく。間違える。止まってしまう。それでもまた指を動かす。

進め。進め。前へ進め。

戻れないなら、前へ進むしかないんだ。

見えない誰かに背中を押されるように、わたしは曲を奏でていく。

ただでさえでたらめな曲を、めちゃくちゃに終わらせると、わたしは大きく息を吐いた。


「……弾けた」

弾けた。弾けた。弾けた。

下手くそな、ひどい一曲だったけど、なんとか弾けた。

「弾けたよ！　鮎川！」

ああ、早く、鮎川に聴いてほしい。わたしのピアノを聴いてほしい。


次の日も次の日も、わたしは放課後になると音楽室に行ってピアノを弾いた。

まだまだ指の動きはぎこちなかったけど、鍵盤の上で震えることはなくなった。

そして翌週、登校してきた鮎川が、廊下でわたしの名前を呼んだ。

「おっはよー！　千紗ちゃん！」

振り返ったわたしのもとへ、鮎川が駆け寄ってくる。

オレンジ色の帽子にマスク。いつもの鮎川だ。

「……おはよ」

「おっ、あいかわらずの塩対応ですな」

あんたはあいかわらず声が大きいんだよ。

むすっとしたわたしの前で、鮎川が笑う。

でもよかった。元気そうだ。

心の中でほっと息をつき、鮎川を見上げる。

「あのっ、鮎川。今日の放課後……」

言いかけたわたしの耳に、女の子の声が響いた。

「鮎川くん。ちょっといい？」

見ると、同じクラスの子が立っている。

たしか名前は……佐久間さん。記憶力の悪いわたしでも覚えていた。

彼女はクラスの中でもわりと派手で、目立っているから。

「ん？　なに？」

「今日の放課後、話したいことがあるんだけど」

「いまじゃダメなの？」

佐久間さんはちらっとわたしを見てから言った。

「いまはダメ。放課後話すから、部活行かないでね」

「え、なにそれ」

首をかしげる鮎川を残し、佐久間さんはそそくさと行ってしまった。

わたしはぼんやりと彼女の背中を見送る。

「で、なんか言おうとしてなかったっけ？　千紗ちゃんも」

鮎川の声にハッとする。

「ううん、なんでもない。じゃあ！」

「は？　おいっ、なんでみんなおれを置いていくんだよ！」

わたしは逃げるように教室に駆け込む。

本当は鮎川を音楽室に誘いたかった。

わたしのピアノを、聴いてほしかった。

だけどその言葉は喉の途中でつっかえて、吐き出すことができなかった。


「とうとう佐久間ちゃん、鮎川くんに告白するらしいよ。今日の放課後」

前の席に座るツインテールの杏奈が、わたしの机に椅子を向けてサンドイッチをかじりながら言う。

毎日話しかけられているうちに、いつの間にか名前を覚えてしまった。

「二年になってからずっと、鮎川くんのこと追いかけてたもんね、佐久間ちゃん」

ショートヘアの芽衣も、ボブヘアの穂乃香も、わたしの机に集まって、お弁当を広げている。

お昼になるとこうやって一緒に食べるのが、なぜか日常になった。

転校してきたばかりのころは、こんなふうになるなんて、夢にも思わなかったのに。

「千紗ちゃんに鮎川くんを取られるんじゃないかって、あせりはじめたんだよ、きっと」

わたしは「は？」と顔を上げる。

「だって千紗ちゃんと鮎川くん仲いいから」

「わたしはべつにっ……」

みんながにやにや笑いながらこっちを見ている。わたしは箸でポテトをつまみ、ぱくっと口に入れる。

「でもどうなのかなぁ？　ほら、先月も隣のクラスの子が鮎川くんに告ったけど……『おれは誰ともつきあう気はないから』って、断られちゃったんだっけ？」

わたしはその言葉に耳を傾ける。

「だって、あの凜先輩にもそう言ったらしいじゃん」

「え、凜さんに？」

つい口走ってしまったわたしを、みんなが見る。

「うん。噂だけどね。凜先輩、フラれちゃったらしいよ。鮎川くんに」

「信じられないよねぇ、学校一の美人をフるなんて」

「でも鮎川くんもカッコいいから。その気になれば彼女なんて選び放題じゃない？」

みんながキャーキャー騒いでいる。

わたしはいつも仲良く会話している、凜さんと鮎川を思い出す。

もしその噂が真実なら……凜さんはいま、鮎川のことをどう思っているんだろう。

そして鮎川は、本当に誰ともつきあわないつもりなんだろうか。


放課後、佐久間さんに呼ばれた鮎川は、ふたりで教室を出ていった。

その姿を見たクラスメイトたちが、ひそひそ話をしている。

わたしは荷物をまとめ、ひとりで教室をあとにする。

窓の外は今日も雨降り。じめっとした渡り廊下を通り、旧校舎へ入る。

いまごろ佐久間さんは、鮎川に告白しているんだろうか。

鮎川はなんて答えるんだろう。

やっぱり断るのかな。それともつきあうんだろうか。

心の中がもやもやして、それを振り払うように、わたしは指を鍵盤の上に叩きつけた。

ダーンッと強い音が音楽室に響く。そのまま指を走らせる。

激しく動き回るメロディー。和音の連打。速く速く、もっと速く。

音が大波となって押し寄せてくる。

わたしは溺れそうになりながら、必死に鍵盤を叩く。

ピアノを弾いて忘れちゃえばいい。あんなやつのこと……。

「はぁっ……」

一曲弾き終え、息を吐く。長いプールを、高速で一気に泳ぎ終えた気分。

めちゃくちゃ疲れたけれど、気分はさっきより清々しい。

そのときわたしの耳に、パチパチと拍手の音が聞こえた。

「えっ、あ、鮎川っ？」

驚いて振り返ると、ドアのところに鮎川が立っている。

「すごいじゃん、千紗ちゃん！　おれがいない間に弾けるようになっちゃって。しかも超ハイレベル」

鮎川はにこにこしながら、ピアノのそばに近づいてくる。

わたしの心臓がビクンッと跳ねる。

「千紗ちゃん、ごめんな」

わたしは鮎川の顔を見つめた。

「弾けるようになるまでそばにいるなんて言ったくせに、いてあげられなくて」

鮎川の目がわたしを見ていた。わたしはその視線をすっとそらして言う。

「たぶん鮎川がいたら弾けなかった。いなかったから弾けるようになったんだよ」

「おいっ、なんだよ、それ！　おれがいないほうがよかったってか？」

「当たり前じゃん！」

「ひどっ！　おれがここまでお膳立てしてやったってのに！　少しは感謝しろよな！」

鮎川がむすっと顔をしかめている。わたしはそんな鮎川に笑いかけ、それからまっすぐその目を見つめて言う。

「ねぇ鮎川。お願いがあるの」

目を合わせた鮎川に向かって、自分の気持ちを伝える。

「わたしを……鮎川のバンドに、入れてもらえないかな？」

きょとんとわたしを見つめていた鮎川が、くしゃっと笑顔になって言う。

「なにをいまさら言ってんの？　千紗ちゃんはもうとっくに、おれのバンドのメンバーじゃん」

しとしとと降る雨の中、優しい光が差した気がした。

胸の奥があったかくなって、歌を歌う鮎川の隣でピアノを弾いている、自分の姿を想像する。

「じゃあ明日から、文化祭に向けて特訓な！」

「えー、特訓？」

「夏休みも毎日練習するから。そのつもりで！」

鮎川がそう言って笑うから、わたしも笑った。

ふたりだけの音楽室に、雨音がかすかに響く。

翌日、鮎川が佐久間さんに告白されて、それを断ったっていう話を耳にした。

8　うごきだす

「梨本千紗です！　あらためてよろしくお願いします！」

次の日の放課後、わたしは鮎川に連れられて、伊織さんちの防音室へ行った。

ぺこっと頭を下げるわたしのことを、先輩たちはあたたかく迎えてくれた。

「待ってたよ、千紗ちゃん」

「絶対入ってくれると思ってた」

凜さんと大輝さんが言ってくれる。

ものすごくプレッシャーがかかるけど……。

「精一杯がんばるので、よろしくお願いします！」

もう一度頭を下げると、伊織さんがスマホを差し出してきた。

「梨本さんの連絡先を教えてください。音源送るので」

「あっ、はい」

わたしは慌ててスマホを取り出す。

「梨本さん、スコア見ないで弾けるって聞いたから、とりあえず文化祭でやる予定の曲を聴いてみてください」

「あー、だったらさ、直接聴かせちゃったほうが早くない？」

鮎川が口をはさんだ。

「そうだな。まずはこの場で聴いてもらおうか」

大輝さんも、もうギターを用意している。

「じゃあ曲はあとで送るんで。まずは演奏を聴いてみてください」

「はい」

みんなが楽器を準備する。わたしはその後ろの、キーボードの前に立った。

この前弾けなかったキーボードだ。わたしがぼんやり鍵盤を見下ろしていると、凛さんが「行くよー！」っと元気に叫んだ。

カッカッカッ……。

凛さんのスティックが鳴って、ダダダンッとドラムの音が響く。

それと同時にベースの低音と、ギターのメロディーが響き渡る。

この前とは違う曲。激しいイントロからはじまる、アップテンポの曲だ。

わたしは音の波に巻き込まれながら、マイクの前に立つ鮎川の背中を見つめた。

鮎川がゆっくりとマイクに手をかける。わたしは思わず息を呑む。

すうっと息を吸い込んだ鮎川が、歌いはじめた。

この前とは違う、最初から力強い声で。

ドラムも、ベースも、ギターも、それぞれ個性が強くて、気を抜くと呑み込まれてしまいそうなのに、鮎川の声は全然負けていなかった。

だからといって、耳障りなわけではない。

鮎川の声は、素直にまっすぐわたしの胸に訴えかけてくる。

すごい。このひとたち、やっぱりすごい。

気づくとわたしの指も動き出していた。

弾きたい。わたしも一緒に弾きたい。

この激しい波の中に、わたしも一緒に引きずり込まれたい。

大輝さんのギターソロのあと、曲は二番になった。

わたしの指は自然と鍵盤の上を泳いでいた。

凜さんがちらっとわたしを見る。いつものわたしだったらやめてしまうだろう。

だけど今日のわたしは、もう止められなかった。

コード進行はわかった。メロディーも覚えた。

伊織さんもわたしを見る。ごめんなさい、みんなの邪魔はしないから許して。

でしゃばらないよう、みんなの支えになれるよう、でも気持ちよく、美しく、わたしは音を奏でた。

「ちょっ、いま、千紗ちゃん弾いてた?」

曲が終わると、大輝さんが騒ぎ出した。

「はい。少しだけ」

「一番聴いただけで、もう弾けちゃうの?」

凜さんもにこにこしながらわたしを見る。

「なんとなくですけど」

「耳コピできるんですね。一回聴けば、すぐ演奏できる才能。うらやましいです」

伊織さんに言われて恥ずかしくなる。

「おれは最初からわかってたさ! 千紗ちゃんがすげーってことくらい」

「はいはい。自分の手柄みたいに言うなよな、アユ」

「実際おれの手柄だろうが」

「いや、すごいのは千紗ちゃんだから。おまえじゃねーんだよ」

大輝さんと鮎川がまた言いあっている。そんなふたりを無視して、伊織さんがわたしに言った。

「じゃあピアノアレンジも、梨本さんにまかせます」

「え、アレンジ?」

「いまみたいに、好きな所で弾いてください」

「でも、いまのは思いつきでやっちゃっただけで」

「それがいいんですよ。ぼくが作る曲はいつもガチガチだって言われるから」

「うんうん。それをおれたちがテキトーに崩してんの」

大輝さんがわたしに向かって、にっと笑った。

「だけど……いいのかな。やったことないんですけど」

「大丈夫、大丈夫。千紗ちゃんならできるよー」

凜さんの綺麗な顔で笑いかけられ、わたしはぎゅっと手を握って答えた。

「わかりました。やってみます！」

「おおっ、さすがうちのピアニスト」

「てかアユ。おまえの曲はできたわけ？」

大輝さんの声に鮎川が答えた。

「できたできた。伊織みたいに機材とかないから、凜に借りた電子ピアノで作ってみた」

「ピアノで？」

わたしの前で鮎川がうなずく。

「千紗ちゃんみたいに上手くないけど、学校休んでる間にがんばったから。聴いてよ」

そう言って鮎川はスマホに入っている曲を、わたしたちに聴かせてくれた。

その曲は、柔らかなピアノのソロからはじまるバラードだった。

イントロの部分、ピアノの音が優しいメロディーを奏でると、やがてその上にボーカルが重なる。

わたしのピアノに合わせて、鮎川が歌うということだ。

胸がざわざわと騒ぐ。

スマホから流れるメロディーには、鮎川の歌声も入っていた。

ラブソングなのかな？　いや、違うような気もする。

傷ついた心をそっと包み込んでくれるような、背中をそっと押してくれるような、ちょっと切なくて優しい歌詞。

普段は伊織さんが曲を作って、その曲に鮎川が歌詞をのせるらしいけど、今回は鮎川が両方同時に作った。

授業中は寝ているし、いい加減で大雑把な鮎川から、こんな繊細な曲が生まれるなんて信じられない。

わたしたちは小さなスマホから流れる音に、耳を傾けた。

誰もふざけたり、ひやかしたりするひとはいない。いや言葉が出なかったんだ。

わたしたちはただじっと、鮎川の歌を聴いていた。

「どうだった？」

曲が終わると鮎川がいつものように、にかっと笑って言った。

「これ……マジでおまえが作ったの？」

大輝さんが眉をひそめて鮎川を見る。

「そうだよ」

「嘘だろ、おい。伊織に手伝ってもらっただろ？」

「いや、ぼくは手を出していません」

「じゃあほんとにアユがひとりで作ったの？　すごいじゃん！」

凜さんがパチパチパチ手を叩き、伊織さんも納得したようにうなずいている。

「マジかよー。このチャラけたやつから、こんな美しいバラードが生まれるなんて！

おれは信じねーからな！」

大輝さんの言うことはもっともだと思う。わたしも信じられない。

「まぁ、アレンジは勝手にみんなでやってよ」

「んじゃあ、ギターソロも入れていい？」

「うんと切ない感じにしようよ」

「泣かせる曲にしましょう」

にっと笑った鮎川が、みんなに向かって言う。

「全校生徒をな！」

大輝さんのまわりに凜さんと伊織さんが集まって、リズムや各パートのアレンジを話し合いはじめた。

わたしはそっとキーボードの前に立ち、いま聴いた曲を弾いてみる。

イントロはピアノのソロ。優しく、柔らかく、包み込むように。

わたしの指がメロディーを奏でる。そう、ここで鮎川の声が重なって、またここでソロ。

それが終わったら、凜さんのドラムとともに、大輝さんの泣かせるギター。伊織さんは低音で大輝さんを支えて、ここで再び鮎川の歌。

わたしはイメージしながら、ピアノを奏でた。

不思議だ。ひとりで弾いているときは、他の楽器やボーカルのことなんか、考えもしなかったのに。

一曲弾き終えて、ふうっと息をつく。これ、みんなで合わせたら素敵だろうな。

そんなことを考えながら顔を上げたら、みんながこっちを見ていてあせった。

「すげぇ、もう弾いてる」

「本当に一回聴くだけで、弾けるんですね」

「さすが千紗ちゃん！」

凜さんたちに褒められて、わたしは肩をすくめる。

「まだメロディーを弾いただけなんで……わたしもアレンジ考えてみます」

そう言ったわたしを見て、鮎川が嬉しそうに笑った。


それから毎日放課後は、伊織さんちに集まって練習をした。

新しい学校での一学期が、あっという間に過ぎていく。

もうすぐ夏休み。それが終わったら文化祭だ。

夏休みもほとんど毎日練習するらしい。この部活、思っていたよりずっと、体育会系なのだ。

「千紗ちゃん、毎日忙しそうだね」

夕飯を食べながら、梨本さんに声をかけられた。

四人掛けのダイニングテーブル。梨本さんはわたしの隣。向かい側にはお母さんと勇太が並んで座っている。

「あ、うん。部活が忙しくて」

「美術部って、意外とハードなんだね？」

梨本さんの声に、慌ててうなずく。

「そうなの。夏休みが終わったら文化祭だから、いろいろ大変で」

「そっか。文化祭か。その作品を描いてるんだね」

そういえば梨本さんは、家のデザインなどもやっている。前に見せてもらった絵は、すごく上手かった。

「千紗ちゃんはどんな絵を描いてるの？　そうだ、文化祭の展示、見にいってもいい？」

わたしは驚いて、首を横に振った。

「だ、だめ！　梨本さんには見せられない！」

梨本さんの顔がわずかに曇る。

あ、ヤバい。いまの言葉、感じ悪かったかも。

ちらっと顔を上げたら、お母さんがこっちを見ていた。

わたしは急いで言い直す。

「だって梨本さん、絵が上手いでしょ？　わたしは下手だから」

「そんなことないだろ？」

「とにかく恥ずかしいから。見にこないでね？」

「千紗ちゃんが嫌なら、仕方ないなぁ」

梨本さんが笑ってくれた。わたしも笑顔を作ってごまかして、目の前のハンバーグを口に入れる。

でもなんだか、胸の奥がちくちくと痛くて、ハンバーグの味がよくわからなかった。

「文化祭の曲順。全部で三曲やるんだけど、ピアノメインの曲、ラストにするからね？」

「あ、ごめん。もう一回……」

練習中、鍵盤を見下ろしたまま、ぼうっとしてしまったんだ。

鮎川の声にハッとする。

「千紗ちゃん？　おれの話、聞いてた？」

「えっ」

「千紗ちゃんのソロ、期待してるから、がんばってなー」

うわ、バンド初心者のわたしにプレッシャーかけないでよ。

でも……わたしも本当に文化祭のステージに立つんだ。

みんなの足を引っ張らないよう、がんばらなくちゃ。

「じゃ、もう一回、合わせてみようか」

「オッケー」

「千紗ちゃん、いい？」

「うん」

鮎川の声にうなずいて、わたしはキーボードの前に立つ。

鮎川が作った曲をみんなでアレンジして、すごくいい曲になってきた。

ひとつひとつの音が曲になり、ひとりひとりの音が演奏になる。

ひとりでピアノを弾いていたときとは違う、胸の奥がわくわくする感じに、わたしは溺(おぼ)れはじめていた。

マイクの前に立った鮎川が、みんなの顔を見まわす。先輩たちが親指を立てて合図したのを確認すると、最後にわたしの顔を見た。

わたしは鮎川に向かってうなずいて、鍵盤の上を両手でそっと撫(な)でる。

この曲はわたしのピアノソロからはじまるのだ。

小さく深呼吸して、カウントダウン。
三、二、一……。
わたしの指が軽やかに動きはじめた。


「じゃあねー、また明日(あした)」

一学期最後の練習が終わった。わたしたちは防音室を出て、伊織さんの家の前で別れる。凜さんは自転車。大輝さんは徒歩。そしてわたしと鮎川はバスだ。

わたしは凜さんを見送ってから、振り返った。バス停のそばのベンチに、ぐったりした様子で鮎川が腰かけている。隣には伊織さんから借りてきたギターがあった。

「鮎川？　大丈夫？」

とっさに声をかけてしまった。ゆっくりと顔を上げた鮎川は、わたしを見て笑いかける。

「大丈夫、大丈夫」

そう言うけれど……みんな練習に夢中になって、気がつけば外が暗くなるまでやってしまったから、鮎川には負担がかかっちゃったのかもしれない。

「あの、鮎川？」

わたしは鮎川の隣に腰かける。

「あんまり……無理しないでね？」

わたしを見ていた鮎川が、すっと視線をそらす。

「……大丈夫だよ」

鮎川の声を聞きながら、わたしは考える。

いったい鮎川はどれくらい、「大丈夫？」って言われてきたんだろう。

学校のみんなも、バンドの仲間も、わたしも、鮎川が病気だったことを知っているから、つい心配してしまうけど。

わたしたちの言葉に「大丈夫だよ」って返す鮎川は、どんな想いを抱えているんだろう。

「でも……」

鮎川が口を開く。

「ちょっと疲れたかなぁ……」

そう言って、鮎川はわたしの肩にもたれかかった。心臓がドキッと跳ねて、体が固まる。

「バスきたら……起こして」

鮎川はそう言うと、目を閉じてしまった。わたしは緊張したまま、そっと隣を見る。

いつものオレンジ色のニットキャップ。伏せたまつ毛はけっこう長い。

近くで見ると、やっぱり綺麗な顔してるなぁって思う。

女の子に人気があって、告られるのも無理はない。

凜さんのことを思い出す。胸がぎゅっと痛くなる。

そのとき目の前に車が停まり、クラクションが響いた。

ハッと顔を上げると、運転席から女のひとが手を振っている。

鮎川のお母さんだ！

え、ちょっと待って。いま、わたしたちってどういうふうに見られてる？

わたしは勢いよく鮎川から離れた。と、その拍子に、わたしに寄りかかっていた鮎川の体が、ずるっと滑り落ちる。わたしは慌てて両手で支えた。

「なっ、なんだよっ、急に動くなよ！」

「あっ、ごめん！　大丈夫だった？」

あせるわたしを、鮎川が帽子を押さえながらにらみつける。

「千紗ちゃん……いまの絶対わざとだろ？」

「わざとじゃないって！　ほら、お母さんが……」

鮎川がふてくされた顔で、道路を見る。

運転席のお母さんは、そんな鮎川とわたしに「乗っていきなよ」と声をかけた。


水色の軽自動車がゆっくりと走り出す。

わたしは後ろの座席で、鮎川と並んで座っている。

「寛人、あんたねー、女の子を枕代わりにするんじゃないよ」

「枕になんかしてないって。なぁ、千紗ちゃん？」

同意を求められても困る。しかも顔、近いし。教室の隣の席より、ずっとずっと近い。

「寛人」

するとあ鮎川のお母さんが、いつもより厳しい口調で言った。

「あんたの距離感はおかしいんだから。凜ちゃんのときもそうだったでしょう？」

凜ちゃんのとき？　わたしは前に聞いた噂を思い出す。

『凜先輩、フラれちゃったらしいよ。鮎川くんに』

胸がちくっと痛む。

「また女の子を泣かせたりしたら、母さん許さないから」

ルームミラー越しに、お母さんがこっちをにらんだ。

わたしはとっさに隣を向く。鮎川はわたしとは反対側の窓の外を見ながら、「わかってるよ」とつぶやく。

「てか、自分こそ、結婚失敗してるくせに、偉そうに言うなよな」

「は？　あんた母親に向かってなんてこと言うの！」

お母さんが運転席で怒っている。わたしはふたりの姿を交互に見つめる。

するとお母さんが、車のスピードをゆるめて言った。

「千紗ちゃん。まだまっすぐでいい？」

その言葉にハッとする。気づけばもう、わたしが降りるバス停の近くだ。

「あ、ここ曲がってください」

車が左折する。住宅街の中、わたしの家が見えてくる。

「すみません。ここで停めてください」

家の前で、車が停まった。運転席のお母さんが、窓の外をながめる。

「わぁ、ここが千紗ちゃんち？　素敵なおうちねぇ」

「新しい父が、デザインしてくれて……」

そこまで言って、わたしは言葉を足す。

「うちの親、離婚して……再婚したんです」

するとお母さんが、後ろを振り返って言った。

「あら、そうだったの？　わたしも早くいいひと見つけて再婚したいわぁ。いまはこのバカ息子と、ふたり暮らしなの」

「大事なひとり息子のこと、バカって言うなよな」

お母さんがあははっと明るく笑う。

鮎川は外を見たまま、はぁっとため息をつく。

そうだったんだ。鮎川の両親も離婚していたなんて、知らなかった。

「あの、送っていただき、ありがとうございました」

わたしは頭を下げてドアを開けた。

「千紗ちゃん、さよなら」

「さようなら」

お母さんに挨拶(あいさつ)をしてから、ちらっと鮎川のほうを見る。

だけど鮎川は窓の外を見たまま、わたしのほうを向いてくれなかった。

9　ちかづく

夏休みがはじまった。

わたしは家で昼食を食べると、いつものバス停からバスに乗る。伊織さんちでバンド練習するためだ。

練習は午後一時から、夕方まで。一応部活動ってことになっているらしい。

バスが次のバス停に着く。けれど鮎川は乗ってこない。

どうしたんだろう……わたしは昨日の車の中の、鮎川の態度がずっと気になっていた。

伊織さんちの前でバスから降りると、自転車に乗った凜さんが声をかけてきた。

「やっほー、千紗ちゃん！」

「あ、凜さん」

自転車から降りた凜さんが、髪をさらっとなびかせながら言う。

「千紗ちゃんも自転車にしたら？」

「そうですね。バスって本数少なくて」

「だよねー、ほんと田舎でやんなっちゃう」

凜さんが口をとがらせる。そんな顔まで美人で羨ましい。

「わたしなんかずーっとこの町に住んでるんだよ。しかもアユとは同じ団地の同じ棟で、保育園からずーっと一緒。もう飽きちゃった」

そう言ってさわやかに笑い飛ばす凜さん。ふたりが同じ団地に住んでいるって、はじめて知った。

「鮎川……今日バスに乗ってなかったんですけど」

「ああ、あいつ遅刻だよ。家出るときばったりアユのお母さんに会って、あいつまだ寝てるって言ってたから」

凜さんは鮎川のことを、誰よりも知っている。

わたしは気になっていたことを、つい口にしてしまった。

「あの……凜さんって鮎川のこと……」

みんなが話していた噂。鮎川のお母さんの言葉。

どうしても気になってしまう。

凜さんは前を向き、ふっと笑って答えた。

「わたし前にフラれたの、アユに。噂、聞いてない？」

一瞬、息が詰まる。

凜さんはいたずらっぽく肩をすくめて続ける。

「わたし、小さいころからずっとアユのこと好きで、アユもわたしのこと好きだと勝手に思ってた。ほらアユって、なんだかんだ言って優しいし、わたし、勘違いしちゃったみたいなんだよね」

鮎川のお母さんが言っていた。

『あんたの距離感はおかしいんだから』

わたしは思い出す。鮎川が声をかけてくれたこと。手を握ってくれたこと。抱き寄せてくれたこと。

でもそれは鮎川にとって、特別の意味などなくて……。

「わたしがね、『アユのこと好き』って伝えたら、あいつ意味わかんないって顔してさ。『凜のこと、そういうふうに考えたこと一度もない』って言うの。失礼すぎでしょ」

凜さんはそう言って、おかしそうに笑う。

「でもわたし、あきらめ悪いからさ、『じゃあ、考えてよ。わたしとつきあってからでいいから』って言ったんだけど……『おれは誰ともつきあう気はない』だって。ほんとあのときは情けなくて、わんわん泣いちゃったなぁ。それをアユのお母さんに見られて、恥ずかしかった」

鮎川のお母さんが言ってた、女の子を泣かせたって……このことだったんだ。

わたしは凜さんの顔を見る。凜さんはふふっとわたしに笑いかける。

るし」

「大丈夫。いまはアユのことなんか、なんとも思ってないよ。わたし、好きなひとい

　真夏の熱い風が、凜さんの長い髪をなびかせる。キラキラ光る黒髪が、とっても綺麗。

「ただね、幼なじみとして、あいつの力になってあげたいとは、思ってる」

　凜さんが前を見たまま言う。

「アユは病気のことを気にしてるの。また再発するかもとか、また学校に来られなくなるかもとか、またひとに迷惑かけちゃうかもとか……そんなの、わたしは全部わかってて好きだって言ったのに……アユはそれを気にしてる。みんなが当たり前にしている『恋愛』ってやつに、関わらないようにしてる」

　わたしは唇を噛みしめた。

　じゃあ鮎川は、このままずっと、誰ともつきあわないつもりなの？

　誰も好きにならないつもりなの？

　そんなの……悲しすぎるよ。

　凜さんがまぶしそうに空を見上げて、手で庇を作った。

「んー、今日もいい天気だねぇ……」

　わたしも同じように空を見る。

　真夏の空はひたすら青くて……わたしはなぜだか、涙が出そうだった。

　その日は途中から鮎川がやってきた。昨日のことなどなかったかのように、いつもどおりふざけた調子で。

　だけどわたしにだけ、なぜかそっけない。

　鮎川が凜さんとしゃべっている。いつもの光景なのに、なんだか寂しくなる。

「千紗ちゃん」

　大輝さんに声をかけられて、ハッとする。

「イントロのピアノソロのとこ、ちょっと弾いてみてくれる？」

「あ、はい」

　鍵盤（けんばん）に指をのせ、いつものように指を動かす。

　ヤバい、ミスった。指が全然動かない。もうっ、わたし、なにやってんの！

「ごめんなさい。調子悪いみたい」

「ううん、全然大丈夫だよ。でもちょっと、らしくないね？　なんかあった？」

　指を止め、顔を上げたら、鮎川と目が合った。でも鮎川はすぐに、わたしから目をそらす。

　昨日の車の中のこと。

『あんたの距離感はおかしいんだから』

もしかして鮎川、わたしに近づかないようにしてる？

「すみません。なんでもないです」

大輝さんは首をかしげ、ちらっと鮎川のほうを見る。

「あいつさぁ、今日、全然千紗ちゃんに話しかけてこないよね？」

わたしはびくっと肩を震わせる。

「わかりやすいんだよなー。昨日までウザいほどベタベタしてたくせに。喧嘩でもしたの？」

「してません！」

ぶるぶると顔を横に振ると、大輝さんがはははっと笑った。

そして大声で鮎川を呼ぶ。

「おーい、アユ！　千紗ちゃんが寂しがってるぞー」

「ひっ、やめてください！　わたしはべつに、あんなやつ！」

鮎川はちらっとわたしを横目で見たあと、わざとらしく顔をそむける。

ううっ、やっぱり無視してる！　なんなのよ、もう！　だんだんムカついてきた！

「あ、今度は怒ってるぞ。おいっ、アユってばー」

大輝さんが向かっていくと、鮎川がわかりやすくそれを避けた。

「おまえっ、いったいなんなんだ？」

「うるせー、なんでもねぇよ」

「なんでもなくねーだろ！　怪しすぎるんだよ、その動き！」

「なんでもねぇんだよ。ほっといてくれ！」

鮎川が逃げるように外へ出ていってしまった。

「あ、千紗ちゃん？」

そしてわたしの足は、勝手にそのあとを追いかけていた。


伊織さんちの防音室を出ると、真夏の太陽が容赦なく照りつけてきた。

わたしは目を細めて、あたりを見まわす。すると海の見えるバス停のベンチに、鮎川が座っているのが見えた。

「鮎川！」

わたしが駆け寄ると、鮎川はびくっと肩を震わせた。

「うわっ、千紗ちゃん！　なんだよ、こんなところまで！」

「ねぇ、どうして逃げるのよ？　なんでわたしのこと無視するの？」

鮎川がはあっとため息をつく。ため息つきたいのはこっちのほうだ。

わたしは鮎川の隣に腰かける。

しばらくふたり、行き交う車をながめていたら、鮎川がぽつりとつぶやいた。

「おれさぁ……父親に似てるんだってさ」

鮎川が顔を上げ、わたしを見る。

「おれの父親、いい加減で、調子いいやつで。母さんと結婚したあとも、別の女と遊びでつきあって、子どもできちゃってさ。それが原因で別れて、母さんはひとりでおれを育てて……まぁ、そんなダメ男好きになっちゃった母さんも、見る目なかったんだけど」

鮎川はそう言って小さく笑う。

「おれもさ、いい加減だし、初対面のひとにも馴れ馴れしくしちゃうし、女の子の手を気軽に握ったりしちゃうし……それで嫌がられたり、思わせぶりだとか言われたりするんだけど、おれはまったく悪気はなくて……」

鮎川がわたしから目をそらす。

「凛のことも、それで傷つけちゃってさ。怒られて、泣かれて、母さんにばれて、そういうとこ、父親に似てるなんて言われて……おれ自身は父親の記憶なんか、まったくないのに」

ベンチの前の道路を車が通りすぎる。鮎川はそれをぼんやりと目で追っている。

「そのとき反省したはずなんだけど、やっぱり変わってないみたいだよな、おれ」

わたしは鮎川の隣で口を開いた。

「そうだね」

鮎川がゆっくりとこっちを向く。

「わたし、あんたにはじめて会ったとき、なんて馴れ馴れしいやつだって思ったよ。ひとの気持ちも考えないで、ずかずか入り込んでくるし。そのくせ優しい言葉かけてきたり、やたらスキンシップしてきたり……そういうの無意識にやってたんだとしたら、あんたどうしようもない天然タラシだよ」

「はぁ？　そこまで言うか？」

「でも鮎川は、お父さんと似てないと思う」

鮎川が目を見開く。

「鮎川は女の子と遊ぶつもりでつきあったりしないでしょ？　だからお父さんとは違うよ」

わたしは鮎川の目を見て、はっきりと言った。鮎川は黙ったまま、わたしを見ている。

「それに……鮎川に馴れ馴れしく声をかけられなかったら、わたしはまだピアノを弾けなかっただろうし、バンドの楽しさを知ることもなかった。だから……」

だから……なんなんだろう。

あふれかけた想いを、ぎゅっと胸の奥にしまい込む。

「感謝してるんだ。鮎川には」

しばらく呆然（ぼうぜん）としていた鮎川が、わたしの前でくしゃっと笑った。わたしはそんな鮎川の額を指でつつく。

「女の子の前でその笑顔はやめたほうがいい。みんな勘違いしちゃうから」

「へ？　なんで？　笑いたいときに笑うのもダメなのか？」

首をかしげている鮎川は、やっぱり天然タラシだ。

その笑顔に何人の女の子が、勘違いさせられたと思ってるの？

鮎川はわたしだけに、優しいわけじゃないのに……。

「戻るよ」

わたしは鮎川の手をとって、強引に立ち上がらせた。鮎川はつながった手とわたしの顔を、戸惑うように見ている。

「千紗ちゃん……手……」

「いいの、これは。わたしから近づいてるんだから」

わたしから、近づきたいって思ったんだから。

なんでかは……よくわからないけど。

鮎川の手を引き、伊織さんちに向かって歩き出す。鮎川はわたしの後ろで、ぽつりとつぶやく。

「千紗ちゃん……ありがとな」

わたしはすうっと息を吸い込んでから、思ったことを口にした。

「いますごく……ピアノ弾きたい」

鮎川があははっと明るく笑う。

「おれはいますごく、歌いたい」

つながった手に、力がこもった。どちらともなく。

この町に引っ越してきたとき、家にも学校にも居場所がなくて、好きだったピアノも弾けなくて、早くここから出たいと思った。

だけどいまは違う。

なんてことのないこんな毎日が、ずっと続けばいいのに。

こうやってずっと、鮎川の隣にいられればいいのに。

いまはそんなふうに、思うんだ。

10　かなでる

今年の夏休みは、ずっと軽音部のみんなと一緒だった。

鮎川の体調もいいみたいで、練習を休むことはなかった。寝坊して遅刻は、しょっちゅうあったけど。

伊織さんちの薄暗い防音室に籠(こも)って、楽器を演奏したり、歌ったり、もっとよくなるように工夫したり、意見を出しあったり……。

真夏の太陽の下、汗を流して青春しているわけじゃないけど、わたしたちの毎日は十分充実していた。

時には伊織さんのお母さんが、すっごく高そうなお菓子を差し入れしてくれたり、みんなで帰りにコンビニに寄って、アイスキャンディーを食べたり……そんな毎日は楽しくて。

わたしがこの町で、こんなふうに過ごせるなんて、思ってもみなかった。

『今日は学校に集合！』

その日は鮎川から、そんなグループメッセージが届いて、わたしはバスで学校に向かった。同じバスに、鮎川は乗っていなかった。

学校前のバス停で降りると、校門のところに凜さんと大輝さんが立っていた。

「やっほー、千紗ちゃん」

「こんにちは！　あの、今日はどうして学校なんですか？」

凜さんが首をかしげる。

「わたしたちもわかんないの。アユに言われてきたけど」

「あいつまた、しょーもないこと考えてるんじゃねぇのか？」

口をとがらせる大輝さんは、いつもとは違うギターケースを背負っている。

「大輝さん、そのギター……」

「ああ、今日はアコギ持ってこいって言われてさ」

アコースティックギターか……でもなんで？

「ぼくはこれです」

ぬっと現れた伊織さんは、ものすごく大きな楽器を持っている。

「なんですかっ、それ！」

「コントラバスです。家にあったものを持ってきました。鮎川に言われて」

「すご。伊織くんち、そんなのまであるんだ」

「さすが音楽一家。てか、弾けるの？」

「まぁ、少しは」

伊織さんはそう言って汗を拭う。すると校舎のほうから、鮎川が歩いてきた。

「やあ、みなさん、お待たせ！」

「なにがお待たせだよ。こんなところに集まらせて」

「いや、たまには別の場所で練習するのもいいかなーって思って。気分転換にさ」

鮎川がくいっと親指を校舎に向ける。

「は？　学校は使えねぇだろ？」

「夏休み中も音楽室は、吹奏楽部と合唱部が使ってるもんね」

「今日もやってますね。コンクールか、文化祭の練習でしょう」

校舎からは、吹奏楽部の楽器の音と、合唱部の澄んだ歌声が流れてくる。

「だからこれ、借りてきた」

「あ……」

わたしは気づいた。鮎川がチャリンッと鳴らした鍵が、旧校舎の鍵だってことに。

「それ！　旧校舎の！」

わたしの声に、鮎川が自慢げに笑ってうなずく。

「旧校舎の鍵？　まさかおまえ、盗んできたのか？」

「ちげーよ。千紗ちゃんとおんなじこと言うな。青センに借りてきたの！」

「どうして旧校舎なんですか？」

伊織さんの質問に、鮎川が答える。

「旧校舎の音楽室に、使ってないピアノがあるんだよ。な？　千紗ちゃん」

わたしはぽつんと置かれていたピアノを思い出し、鮎川の前で大きくうなずいた。


校庭や体育館では、運動部が掛け声を上げながら汗を流していた。

新校舎では、文化部がそれぞれのステージに向けて練習している。

そんな中、旧校舎は不気味なほど静まり返っていた。

「へぇ、千紗ちゃん、ここのピアノで練習してたんだ」

凜さんが音楽室へ続く階段をのぼりながら、わたしに言う。

「はい。でも施設に譲っちゃうって聞いたけど」

「まだあるんだよなー、それが」

先頭を歩く鮎川が、振り返ってにっと笑う。

そうなんだ。よかった。あのピアノ、もう一度弾けるんだ。嬉しい。

鮎川が音楽室の戸を開けた。午後の日差しの差し込む部屋に、キラキラと塵が舞う。

その端っこに置かれたピアノは、やっぱり今日も寂しげに見えた。


「で、ここで練習しようっていうわけ？」

なにもない部屋に、大輝さんが隣の教室から古い椅子をいくつか持ってきて、円を作る。

「そう！　文化祭本番は体育館のピアノを弾いてもらいたいんだよね。千紗ちゃんに」

鮎川はにこにこしながらわたしに言う。

「キーボードとピアノではタッチが違いますからね。たまには本物のピアノで練習するのもいいと思います」

伊織さんが冷静に告げる。

「千紗ちゃんの家には、ピアノないんだっけ？」

凜さんが椅子に腰かけて、わたしに聞いた。

「はい。小さいころ住んでた家にはあったんですけど、いまは……」

お父さんのいないいまの家に、ピアノはない。

「だから今日はここで練習しよ」

「で、おれにアコギ持ってこさせたのか」

この教室にはアンプなどの機材がないから。

「ぼくはこれですか」

伊織さんがケースからコントラバスを取り出す。

「おおっ、すげー！　でっけー！」

「アユ、あんた自分で持ってこさせといて、なに感動してんのよ」

「どんな楽器かも知らずに持ってこさせたんだろ？　そういうやつだよ、こいつは」

凛さんと大輝さんがあきれている。わたしはくすっと笑って、伊織さんのそばに寄った。

伊織さんは弓を使って、音を出してくれた。低い音。

涼しい顔して、こんな大きな楽器も弾きこなせる伊織さん、カッコいい。

「わたしはどうすればいいのー？」

マイスティックを取り出した凛さんに、鮎川が音楽室の隅を指さす。

「凛にはアレ！」

「ん、スネア？」

「使ってないやつ借りてきた。吹奏楽部から」

凛さんはスネアドラムをスティックで叩く。タタタンッと軽快な音が音楽室に響いた。

「じゃあおれはこれかー」

アコースティックギターを取り出した大輝さんが、ぽろんっと音をはじく。

「アコースティックバンドか。渋いね」

「うん、渋い」

いつもとは違う音に囲まれて、わたしと鮎川は顔を見合わせてうなずく。
「じゃあ、わたしも弾いてみようかな」
わたしはピアノの前に座り、蓋を開いた。
少し懐かしい鍵盤の上を、指で優しく撫でる。
自然に「弾きたい」って気持ちが、胸の奥から湧き上がってきた。
すうっと深呼吸をし、音を鳴らす。
小さいころから聴き慣れた、ピアノの音色。
わたしの指が動きはじめる。海の中を泳ぐように。
やがてピアノの音に、ギターのメロディーが重なった。
凜さんのスネアと、伊織さんのコントラバスが、正確にリズムを刻んでくれる。
わたしたちの楽器が、重なり合って曲になる。音楽になる。
なんて素敵で、気持ちいいんだろう。
ここにはわたしの居場所がある。
指を動かしながら、教室を見まわした。
向かい合って演奏している凜さんたち。
みんなわたしと、同じ気持ちだったらいいな。
あふれる音の中、わたしの視線が部屋の隅で止まる。

みんなからひとり離れて、椅子に腰かけている鮎川は、黙って音を聴いていた。歌うわけでも、しゃべるわけでもなく……ただ黙って……涙をこぼして……。

「鮎川？」

演奏が終わると、わたしは椅子から立ち上がった。みんなが不思議そうにわたしの視線を追いかける。

鮎川は慌てて手の甲で目元をごしごしとこすった。

「やべ。感動して泣いちゃった」

「は？　おまえ泣いてたの？」

大輝さんがあきれたように、顔をしかめる。

「ちっともボーカル入ってこないから、一曲終わっちゃったじゃない」

「そうですよ。いつもだったら頼んでなくても、ずうずうしく入ってくるのに」

凜さんと伊織さんに責められて、鮎川はへらへら笑っている。

「いや、ヤバいよ、おまえら。マジでおれ、感動したし。青春だね、青春。てかもう、ボーカルいらないんじゃね？」

「は？　バカなこと言ってないで、練習するぞ！」

大輝さんが鮎川を引っ張って、みんなの輪の中に座らせた。

「おまえの場所はここ！　わかった？」
鮎川が笑ってうなずいた。
そうだよ、鮎川。このバンドのボーカリストはあんたでしょ？
あんたがいなきゃ、はじまらないんだから。
「鮎川！」
わたしはピアノの席から、鮎川を呼ぶ。鮎川がゆっくりとわたしを見る。
やろう。あの曲。鮎川の作ってくれた曲。ピアノのソロからはじまるんだよね。
わたしは鍵盤の上に指をのせ、優しく音を奏ではじめた。
静かなピアノの音からはじまる、バラード曲。
文化祭のラストにやろうと決めた曲だ。
わたしは心を込めて、音を鳴らす。静まり返った音楽室に、ピアノの音が響く。
やがてその音の上に、鮎川の声が重なった。

11　ぶつかる

『今日は午後から、雨がもっとひどくなるみたい』

夏休みの最終日は大雨だった。台風がこの町を直撃するらしい。

朝からテレビのニュースでは、その情報をひっきりなしに伝えている。

『だから今日の練習はお休みってことで』

「はい。わかりました」

わたしは自分の部屋で凛さんと電話で話していた。

海のほうから吹きつける風で、窓がガタガタと揺れている。

『夏休み終わったら、文化祭まですぐだよ』

「そうですね」

今日はピアノが弾けないと思ったら、指がうずうずしてくる。

『でも千紗ちゃんは余裕だね。もうずっと前からうちのバンドのメンバーみたい』

「そんなことないです！　先輩たちの足を引っ張らないように必死で……」

『それはこっちのセリフだよー』

凛さんがくすくす笑っている。わたしはそんな凛さんに伝える。

「でもわたし、いますごく毎日が楽しいんです。ピアノが弾けて、先輩たちとバンドがやれて。転校してきたときは、こんなふうになるとは思わなかった」

『アユのおかげじゃないの？』

凜さんのいたずらっぽい声に、わたしは一瞬鮎川の顔を思い出し、すぐに頭の中から追い払った。

「違います！　凜さんと大輝さんと伊織さんのおかげです！」

『うふふ、それはそれで嬉しいけれど』

電話の向こうで、凜さんが笑っている。

『成功させようね。文化祭』

「はい」

わたしは笑顔で電話を切った。

と、そのとき、待ち構えていたかのように、部屋にノックの音が響く。

「誰？」

「お母さんだけど。入るわよ」

わたしの返事も聞かずに、お母さんが入ってくる。心臓が小さく跳ねる。

「千紗。いま誰と電話してたの？」

「え？」

「ピアノとか、バンドとか、なんの話？」

お母さん、ドアの向こうでわたしの話を聞いていたんだ。

頭にかあっと血がのぼったのがわかった。

「お母さん、ひどい！　立ち聞きするなんて！」

「ひどいのはどっち？　千紗、あなた嘘ついてるわよね？　本当は美術部なんて入ってないんでしょ？」

お母さんが冷たい目でわたしを見た。わたしはぐっと奥歯を嚙む。

「どうしてそんな嘘をつくの？　わたしの前でも梨本さんの前でも、あなたいつも本当のことを言わないわよね？」

「お、お母さんが悪いんじゃん……」

わたしは喉の奥から声を押し出す。お母さんの顔色が変わる。

「お母さんがあんなこと言うから……だからわたし、いっぱい我慢して……それで……」

「我慢って……なんの話？」

「ピアノの話だよ！　お母さんが言ったんでしょ！　『わたしの前で、二度とピアノなんか弾かないで！』って」

お母さんが驚いた顔をしている。

もしかしてお母さんはもう、自分の言ったことを忘れているのかもしれない。

お母さんにとっては、その程度のことだったのかもしれない。

でもわたしはお母さんの言葉に、ずっと縛られて、苦しんでいたんだ。

「お母さんがそう言ったから、わたしは好きだったピアノが弾けなくなって……好きだったお父さんにも会えなくなって……それでも我慢してたんだよ！　お母さんにもう、泣いてほしくなかったから！」

こんなこと、言うつもりはなかった。お母さんの前で、言うつもりはなかった。

だけどもう、閉じ込めていた想いを吐き出す方法を、わたしは知ってしまった。

「わたしいま、バンドでピアノ弾いてるの。お母さんの大嫌いなピアノを弾いてるの。ごめんね、お母さん。やっぱりわたし……ピアノが好きなんだ」

お母さんがわたしを見ている。すごく、つらそうな顔をして。

わたしはそばにあったスマホをつかむと、部屋を飛び出した。

「千紗！　どこに行くの！」

お母さんの声には答えず、階段を駆け下りる。

ここにはいたくなかった。とにかくどこかへ行きたかった。

ちらっと見たリビングでは、テレビがついていた。子ども番組の音楽が流れていて、勇太がじっとその画面を見つめている。

わたしは勇太から目をそむけ、玄関のドアを開いた。

外は激しい雨が降っていた。風も強い。傘を差していたけれど、なんの役にも立ちそうになかった。

住宅街を抜け、海沿いの道路へ出る。波が高く、堤防の上にも波しぶきがかかっている。

白く煙る道路の向こうから、バスが走ってくるのが見えた。わたしは駆け出し、ちょうどバス停に停まったバスに乗り込んだ。


バスの中は空っぽだった。こんな大雨の中、出かけるひとなんて、いないんだろう。

空いている席に座り、小さく息を吐く。

家にいたくなくて飛び出して来ちゃったものの、行く当てなんてどこにもない。

バスに揺られながら、荒れた海をながめる。台風は確実に、この町に近づいている。

やがて見慣れた校舎が見えてきた。わたしはブザーを押して、学校の前で降りた。

飛ばされないよう、傘をぎゅっと両手で持ち、学校へ向かう。

門は開いていて、中から生徒が何人か出てきた。

「台風きてるから、午後の部活はなしだ。早く家に帰りなさい」

まだ残っている生徒たちが、先生に言われているのが聞こえる。

わたしは見つからないようにこっそり、旧校舎へ続く渡り廊下に向かう。

どこかから先生の声が聞こえた。わたしは慌てて校舎のドアをダメもとで押した。

「あれ？」

鍵がしまっているはずのドアが開いている。

「そういえば……」

昨日ここでみんなと練習したあと、鍵をかけないまま、先生に返してしまったような気がする。

だから開いているんだ。

そっと校舎の中に入る。どしゃぶりの雨の音が、急に遮断され小さくなる。

とりあえずこれで濡れないですむ。少しだけ雨宿りさせてもらおう。

わたしは誰もいない階段をのぼり、いつもの音楽室へ向かった。

音楽室の中には、今日もぽつんとピアノが置いてあった。

ただいつもと違い、窓に大粒の雨が流れ、風がごうごうと響いている。

窓から見える木は大きくしなり、葉っぱが空へ吹き飛んでいく。

「どうしよう……」
雨宿りのつもりでこんなところまできてしまったけれど……。
ドキドキしながら、まわりを見まわす。当然だが、誰もいない。
ちょっとだけなら……いいよね？
引き寄せられるようにピアノに近づき、静かに蓋を開く。
そしていつもみたいに、優しく鍵盤の上を撫でる。
そっと指を動かそうとしたとき——お母さんの顔が浮かんだ。
さっき見た、つらそうな顔。
わたしがまた、お母さんを悲しませてしまった。
鍵盤の上の指が震えてきた。音を鳴らそうとするのに、指が動かない。
「どうして……」
また弾けなくなってしまったの？
震える手を、もう片方の手で押さえつける。
どうしよう。どうしよう。わたしが弾けなくなったら、あのラストの曲はどうなるの？
バンドは？　文化祭は？　みんなに迷惑がかかってしまう。
そのとき窓がガタガタと揺れた。強い風がごおっと音を鳴らす。

「ひっ……」

わたしは慌てて、ピアノの下に入った。

目を閉じ、背中を丸め、膝を抱える。

怖い。

まだ昼間なのに、外は薄暗い。雨の音と風の音が、どんどんひどくなってくる。

わたしは震える手でポケットからスマホを取り出し、電話をかけた。

『もしもし？』

耳元で鮎川の声が聞こえた。わたしはほっと息を吐く。

『もしもし？　千紗ちゃん？　どうかした？』

「あ、鮎川……」

『なんかあった？』

鮎川の声にドキッとする。

「ど、どうして……」

『だって千紗ちゃん、いつもおれに電話なんてしてくれないじゃん。なんかあったんだろ？』

わたしは声を詰まらせる。

『なにがあったんだよ？』

「ピアノが……弾けなくなっちゃったの」

『ピアノが？』

「どうしよう……このままずっと弾けなかったら……」

そのときまた、窓が大きく揺れた。

「ひいっ……」

思わず声を出してしまい、慌てて口をふさぐ。

『……どこにいるんだよ？』

鮎川が聞いてきた。わたしは息を呑む。

『ピアノ弾こうとしてたの？　学校か？』

「あ、あの……」

『ちょっと待ってて。いまから行くから』

「えっ」

わたしは慌てた。

「ダメだよ！　危ないよ！　外すごい嵐だよ！」

『じゃあなんで千紗ちゃんはそこにいるんだよ。千紗ちゃんこそ危ないだろ？』

鮎川が電話の向こうで笑った。わたしはなにも言えなくなる。

『おれが行くまでそこにいろよ。わかった？』

「え、ちょっ……鮎川っ……」

電話が切れた。わたしは力の抜けた手を下ろし、ピアノの下で息を吐く。

そして目を閉じ、雨の音を聞きながら、小さなころを思い出した。


吹きつける風で、ガタガタと揺れる窓ガラス。ときどきごおっと大きな音が鳴り、庭の木が吹き飛ばされそうなくらい揺れる。

そんな台風の日、わたしはリビングにあるピアノの下で、膝を抱えて震えていた。

「千紗、こっちにおいで」

お父さんの声に顔を上げる。

「怖いときはね、楽しい音を聴けばいいんだよ」

「楽しい音？」

ピアノの椅子に座ったお父さんがおいでおいでと手招きをする。わたしはおそるおそるピアノの下から出て立ち上がり、お父さんの許へ行く。

「ここにおいで」

わたしはお父さんの膝の上に座る。屋根を叩きつけるような強い雨の音に、またびくっと肩をすくめる。

お父さんはそんなわたしに笑いかけ、鍵盤の上の指を動かす。

で歌っていた。

それはそのころ流行っていたアニメソング。わたしのお気に入りで、いつも家の中
「あ……」

「この歌、好き！」

「じゃあ一緒に弾こう」

お父さんがにっこり微笑む。わたしはなんだか嬉しくなって、お父さんの膝の上で
ピアノを弾いた。

雨の音も風の音も、ピアノの楽しい音色にかき消される。

「もう怖くないだろ？」

「うん！」

お父さんのあたたかい膝の上で、うなずいたわたし。

「お父さん……」

優しかったお父さん。お母さんにとっては、いい旦那さんじゃなかったかもしれな
いけど……わたしにとっては、大好きなお父さんだった。

わたしに音楽の楽しさを教えてくれて、ピアノを弾く喜びも教えてくれた。

「会いたいな……」

いつかわたしは、わたしのピアノをお父さんに聴かせてあげたい。

「千紗ちゃん？　千紗！　起きろ！」

声が聞こえてハッと目を開ける。

嘘、わたし……寝ちゃってた？

顔を上げると、うずくまっているわたしを、鮎川が見下ろしている。

「あのさぁ、死にそうな声で『ピアノ弾けない』とか言うから来てみたら、のん気に昼寝ってどういうこと？」

「ちがっ、これはっ……」

立ち上がろうとして、ピアノにごんっと頭をぶつけた。

「いったー！」

「だ、大丈夫か？」

頭をさすりながら、半べそになって立ち上がる。鮎川がそんなわたしを見て、ぷっと噴き出す。

「大丈夫？」

「うん……大丈夫」

情けない。なにやってるんだろう、わたし。

「なんで、ひとりでここに来たの？　今日は練習休みだって聞いただろ？」

「うん……」

鮎川がわたしの返事を待ってくれている。

「家で……ちょっと嫌なことがあって……」

「それで飛び出してきたわけ？」

「うん」

すると鮎川が、ははははっと声を立てて笑った。

「わかるよ、その気持ち。おれも中学のころは、しょっちゅう親と喧嘩して、家飛び出してたもんなぁ」

「……そうなの？」

「そうそう。一晩家に帰らなくて、見つかって連れ戻されて、ぶん殴られてさ」

「な、殴るの？　あのお母さんが？」

「そうだよ。グーでだぞ？　グーで。『わたしがどれだけ心配したと思ってるの？このバカ息子が！』ってね」

手を握って、へらへら笑っていた鮎川が、ふっと真面目な顔になる。

「でもいまは……あのひとのおかげで生きてるから、おれ」

わたしは鮎川の顔を見る。鮎川はそっと目をそらし、小さくつぶやく。

「病気になってからさ、いろいろ世話になってるわけよ。迷惑も……かけてるし」

「迷惑だなんて、お母さんは思ってないよ」

だけど鮎川は、わたしのほうを見ないまま続ける。

「でもさ、病気の息子より、病気じゃない息子のほうがいいに決まってるだろ?」

「そんなこと……」

「再婚するにしたって、病気の息子なんか絶対お荷物だし。おれがいなければいまごろ、もっと幸せになれてたかもしれないのに……」

「鮎川!」

つい声を上げてしまった。鮎川の視線が、ゆっくりとわたしに移る。

「……そんなこと、言わないでよ」

鮎川は黙ってわたしを見ていた。だけどすぐに、いつものように笑って言う。

「なぁ、それよりさ、弾けなくなったってどういうこと?」

鮎川が指を一本伸ばし、ぽーんっとピアノの音を鳴らした。

雨と風の音の中に、聞き慣れた音がぽとんっと落ちる。

わたしはぎゅっと自分の手を握った。

「わたし、お母さんに内緒でピアノを弾いてたの。それがばれて……」

「弾いちゃだめだって言われたの?」

少し考えて、首を横に振る。

「ううん、違う。お母さんは、わたしが嘘をついてたことや、本当の気持ちを話さなかったことを怒ったの」

それで言いあいになってしまって……。

「わたしね、わたしさえ我慢して本心を話さなければ、またお母さんが笑ってくれるんじゃないかって思ってた。だからピアノのことも黙ってて……でももう無理だった。全部吐き出しちゃった。そしたらお母さん、すごくつらそうな顔をして……」

わたしはうつむいた。

「やっぱり……言わなきゃよかったのかなぁ……」

つぶやいたわたしの耳に、またぽーんと音が鳴る。ピアノの前に座った鮎川が鍵盤から指を離し、わたしのことを見上げる。

「言ってもいいんじゃない？」

「え？」

「千紗ちゃんはがんばりすぎるんだよ。たまには親に反抗したっていいじゃん」

そしてわたしに笑いかけ、右手を鍵盤の上で動かす。

「あ……」

この曲は……。

「鮎川っ、どうしてこの曲……」

「小学生のころ、流行ってたよな。凛がよく弾いてたから、覚えちゃったんだ」

ああ、これは、お母さんとよく聴いていた歌。

雨が上がって、空に虹が架かるっていう歌詞で、お母さんが「いい歌ね」と言ったんだ。

だからわたしはあの日、この曲をピアノで弾いた。

お母さんに泣かないでほしくて――。

『千紗ちゃんはがんばりすぎるんだよ』

そうなのかな。そうかもしれないな。

お母さん、ごめんね。これからはお母さんのためだけじゃなく、わたしのしたいこともするよ。

わたしは鮎川の隣に座った。そして鮎川の弾くメロディーに伴奏をつける。

「おおっ、カッコよくなった！」

そしてわたしを見て笑う。

「てか、弾けてるじゃん。フツーに。嘘つきだなー、千紗ちゃんは」

わたしはくすくす笑った。なんだかすごく楽しくて。嬉しくて。

「嘘じゃないよ。さっきは本当に弾けないと思っちゃったんだもん。そうしたらみんなに迷惑かけちゃう。どうしようって、あせっちゃって……」

嵐の中の音楽室に、明るいメロディーが流れる。

「たとえそうだとしても、誰も文句なんか言わないよ」

凜さんたちのことを思い浮かべる。

みんな優しくて、親切で……たしかに誰も、わたしを責めたりしないだろう。

「だろ？」

鮎川と目が合って、わたしは小さくうなずいた。それからそっと顔をそむける。

「で、でも、鮎川が本当に来てくれるとは思わなかった……」

「来るよ。おれは。普通のひとは。女の子に助けを求められたら」

鮎川がわたしの隣でおかしそうに笑う。

「だったらやっぱり、おれは普通のひとじゃないんだなぁ……」

ぽろんっと指がすべって、外れた音が響く。

そのとき音楽室のドアがガラッと開いた。

「なにやってるんだ！　ふたりとも！」

驚いて振り向くと、そこには青山先生が怖い顔で立っていた。

「台風が近づいてるから、早く帰りなさいと言っているだろ。ん？　それより今日、おまえらに鍵(かぎ)を貸してないぞ？」

音楽室の入り口で仁王立ちの、青山先生が言う。わたしは立ち上がり、慌てて頭を下げた。

「す、すみませんっ！　鍵が開いてたので勝手に入っちゃいました！」

するとのんびりと立ち上がった鮎川がつぶやいた。

「そういえば昨日……おれ、鍵かけ忘れたような……」

「鮎川！　おまえなー！」

「すみませーん。今度から気をつけまーす！」

笑ってごまかそうとしている鮎川に向かって、先生が怖い声で怒鳴る。

「今度はない！　ここはもう、使用禁止だ！　ちゃんと鍵をかけるっていう約束を、破ったんだからな！」

「そんなー。青山せんせーい」

「甘えるな！　さっさと帰れ！　十秒以内に！」

先生が大きな声でカウントダウンをはじめる。

わたしは鮎川と一緒に、大急ぎで教室から飛び出した。

12　だきしめる

校舎の外は来たときよりも、風雨が激しくなっていた。

「気をつけて帰れよ！」

青山先生に見送られ、外へ出る。強い風にあおられて、やっぱり傘は役に立たない。なんとか校門の前のバス停までたどり着き、待合所の屋根の下へ駆け込む。

「すげーな。びしょびしょじゃん」

少し歩いただけで、鮎川の服はびしょ濡れだ。もちろんわたしの服も。

「ごめん」

飛ばされそうな傘を閉じ、つぶやいた。

小さな屋根の下には、雨粒が容赦なく吹き込んでくる。

「わたしのせいで、音楽室使えなくなっちゃったね……」

「まったくだよ。せっかくいい練習場所見つけてやったのに」

鮎川の隣で肩をすくめる。すると鮎川は風の音にも負けないデカい声で笑った。

「うそうそ。怒ってないよ。おれがちゃんと鍵かけてれば、こんなことにならなかったんだし」

わたしはうつむいたまま、足元を見つめる。バスはまだ来ない。

鮎川のスニーカーがびしょ濡れだ。風邪ひいちゃったらどうしよう。

ああ、もう。わたしは本当にダメダメだ。

ごおっと突風が吹き、体があおられる。屋根が揺れ、地鳴りのような音がする。

「ひいっ……」

思わず鮎川の腕をつかんでしまった。

「怖いの？」

隣で鮎川がにやにや笑っている。わたしは上目づかいで鮎川を見上げる。

「怖がりだなぁ、千紗ちゃんは」

「わ、悪かったね、怖がりで！　わたしは台風も地震も雷もぜーんぶ怖いの！」

すると鮎川がまた声を立てて笑って、それからわたしに言った。

「おれもだよ」

「え？」

「おれもすっげー怖がり。いつも怖くて、ビクビク怯(おび)えてる」

鮎川の腕から手を離す。鮎川は降り続く雨を見つめている。

わたしはその横顔に、聞いてしまった。

「鮎川は……なにに怯えているの？」

なんとなく、その答えはわかっていた。だけどわたしの予想が間違っていればいいって、そう願って……わたしは聞いていた。

強い風が吹いて、思わず目を閉じる。真っ暗になった視界に、鮎川の声が聞こえてくる。

「前にさ、響くんのこと、話しただろ？」

わたしは記憶を巻き戻す。ふたりだけの音楽室で聞いた、入院中の話。

「鮎川がバンドはじめるきっかけになったひとだよね？」

鮎川にとって憧(あこが)れの、キラキラ輝いて見えた先輩。

鮎川が前を向いたままうなずいた。そして小さくつぶやく。

「死んじゃったんだ。響くん。おれの二回目の入院中に」

わたしのひとつに結んだ髪が、強風にあおられた。よろけないように足を踏んばり、鮎川の横顔を見つめる。

「響くん……おれと、同じ病気だったんだよね……」

鮎川はゆっくりとわたしのほうを向き、オレンジ色の帽子を指さした。

「この帽子、響くんのなんだ。響くんが亡くなったあと、おばさんが持ってきてくれて、嫌じゃなかったら使ってって」

わたしは黙って、鮎川の指先を見つめる。

「響くんが亡くなる前に、言ったらしいんだ。おれにはもう必要ないけど、寛人にはこれが必要だろって。あいつはまだまだ生きるんだからって。だから自分がいなくなったら、渡してほしいって……寛人に使ってほしいからって……」

胸がぎゅうっと締めつけられて、目の奥が熱くなる。手のひらを強く握って、泣きそうになるのを必死にこらえる。

「そのあとおれは退院できて、いまは学校にも通えてる。だけど響くんは、もう学校に行くこともできないし、バンドで歌うこともできないし、みんなと笑いあうこともできない。だからおれは響くんの分まで、しっかり生きなきゃって思うんだけど……」

鮎川が頭を押さえるようにしてうつむいた。

「すごく……怖くて……」

いつもは大きすぎるほどの鮎川の声が、風の音にかき消されていく。

「夜寝る前、このまま目覚めなかったらどうしようって考えて、寝るのが怖いんだ。眠れなくて、布団の中で震えながら朝が来て……そしたら今度は今日一日生きられるかって考えて、また怖くなる」

うつむいた顔を少し動かし、鮎川がわたしを見る。そしてほんのちょっとだけ、頬をゆるめる。

「情けないやつなんだよ……おれは」

わたしは首を横に振る。雨にも風にも負けないくらい、強く首を振る。

だけどなんて言ったらいいのかわからなくて……。

あたたかい手でわたしの手を握ってもらったように。「大丈夫だよ」「あせらないで」って言ってもらったように。今日嵐の中、わたしのところまできてもらったように。

わたしも、してあげたいのに。

目の前で震えている、このひとに――。

わたしは一歩足を踏み出し、大きく両手を開いた。そしてその手で、鮎川の体を包み込む。

激しい風に飛ばされそうになりながら、頼りない手で、強く、優しく……。

「……千紗ちゃん？」

鮎川の声が戸惑っている。わたしは鮎川の胸に顔を押しつけ、ぎゅうっと強く抱きしめる。

雨が屋根を叩きつけていた。強い風が吹き、歩道の木をちぎれそうなほど揺らしている。

「情けなくたって……いいよ」

くぐもったわたしの声は、鮎川の耳に届くだろうか。

「怖かったら……わたしが、鮎川のそばにいてあげる」

ごおっと突風が吹きつける。よろけそうになったわたしの背中に、鮎川の手が触れた。

「……うん」

わたしの耳元で、鮎川がつぶやいた。

病気のことなんかわからない。もう治ったのか、治っていないのか。鮎川がいま、どういう状態なのか。この先、どうなっていくのか。

わたしには、なにもわからないけど。

鮎川の手に力がこもり、わたしの体が抱き寄せられた。ふたりの濡れた服が触れ合って、わたしの頭に鮎川の頭がくっつく。

心臓が壊れそうなほどドキドキして、息ができない。

「うっ、ふわっ……」

わたしは鮎川の体を突き放した。いつの間にか止めていた息を吐き出し、思いっきり吸い込む。

鮎川はきょとんとした顔でわたしを見下ろして、「ぶはっ」とはじけたように笑い出す。

「なんで息止めてんの？」

「だ、だって……」

情けない声を出すわたしの隣で、鮎川がげらげら笑っている。

さっきまでとは別人みたいに。

でも鮎川の笑い声を聞いていたら、わたしまで笑えてきた。

「言っとくけど、いまのはそっちから手ぇ出してきたんだからな？」

「手ぇ出すとか……ヘンな言い方しないでよね！」

「千紗ちゃんの距離感、おかしい」

「おかしいのはそっちでしょ！」

屋根の下で、鮎川と言いあう。そして心の中で願う。

神様。お願いします。どうか、こんな毎日を、ずうっと続けさせてください。

多くのことは望みません。平凡で、普通の毎日でいいんです。

だから……だからお願い。

鮎川が怯えずに、心の底から笑っていられるような毎日を……わたしたちにください。

雨の中、こっちに向かってくるバスが見えた。

「帰ろうか？　千紗ちゃん」

鮎川がわたしを見て言った。

「……うん」

そうだね。帰ろう。わたしの家へ。

「千紗ちゃん！　どこに行ってたの！」

家に帰ると、梨本さんが玄関へ飛び出してきた。

「た、ただいま……」

「心配したんだよ！　こんな嵐の中、出ていくなんて！」

「……ごめんなさい」

わたしは頭を下げた。梨本さんがこんなに心配してくれているなんて、思っていなかった。

梨本さんは小さく息をつくと、持っていたタオルをわたしに差し出してくれた。

「これで服や髪を拭いて。お母さん、待ってるから」

「え？」

タオルを受け取り、顔を上げる。

「お母さんがね、ちゃんと千紗ちゃんと話したいって言ってる。千紗ちゃんも思っていること、全部お母さんに伝えて？」

梨本さんが優しい目で、でもまっすぐにわたしを見ていた。

わたしは梨本さんの前で、うなずいた。すると梨本さんが、わたしの頭をそっと撫でてくれた。

リビングのソファーにお母さんが座っている。勇太はお気に入りのテレビに夢中だ。

「千紗……」

お母さんがわたしのことを、疲れたような顔で見上げる。

さっき、バスの中で見たスマホには、お母さんからの不在着信がたくさん入っていた。

わたしは黙ったままお母さんのそばにいき、ソファーの前に立つ。そんなわたしたちのことを、梨本さんが静かに見つめている。

「千紗、ごめんね」

お母さんの声が聞こえた。

「わたしが言ったひと言が、あなたをそんなに傷つけていたなんて、思わなかったの」

わたしはなにも言わなかった。ただうつむいて、握りしめた自分の手をじっと見下ろしていた。

「千紗は……ピアノを弾きたかったのね？」

勇太の見ているテレビの音が、お母さんの声に重なる。

「お父さんにも会いたかったんだね？　ずっと」

わたしはぎゅっと奥歯を噛(か)む。

「それを言えないようにしてしまったのは、わたしよね。あなたがわたしに話してくれないんじゃなくて、わたしがあなたに話させないようにしていた」

お母さんが深く息を吐く。

「ごめんね。気づいてあげられなくて」

さっき鮎川と弾いた曲が、頭の中に流れてくる。

わたしが弾けば、お父さんもお母さんも笑ってくれた。

ふたりが笑うとわたしも嬉しくて、ピアノを弾くのが楽しくて仕方なかった。

だけどもう、あのころには戻れない。

「もう……いいの」

うつむいたまま、小さくつぶやく。

「わたし、学校でピアノ弾いてるし、梨本さんのことも……」

顔を上げ、梨本さんのほうを向く。

「お父さんって呼べるように……がんばるし……」

すると梨本さんが小さく微笑んで、わたしのそばに来た。

「いいんだよ、千紗ちゃん。がんばらなくても」

わたしは目の前の梨本さんの顔を見つめる。

「そんなこと、がんばらなくていい。ぼくだって、どんなにがんばっても、千紗ちゃんのお父さんにはなれないんだし。だからがんばらないことにするよ」

梨本さんが目を細めて笑う。

「家族の形に、正解なんかないんだから」

わたしは黙って、梨本さんの声を聞く。梨本さんの言葉は、すうっと耳から胸の奥に入ってきて、硬くなったわたしの心を優しく溶かしてくれるような気がした。

「千紗ちゃん、バンドでピアノ弾いてるんだって？」

梨本さんの声にハッとする。お母さんが話したんだ。急に恥ずかしくなって、顔がかあっと熱くなる。

「う、うん」

「今度、聴きにいってもいい？」

「えっ」

「なぁ、お母さんも聴きたいよね？　千紗ちゃんのピアノ」

わたしはお母さんに振り返る。お母さんはじっとわたしを見つめている。

あの日のことを思い出し、体がぴりっと痛む。

「そうね」

お母さんがつぶやいた。

「久しぶりに聴きたいな。千紗のピアノ」

痛んだ体が今度は一気に熱くなった。わたしはお母さんに向かって言う。

「む、無理しないでいいよ。お父さんのこと、思い出しちゃうんでしょ」

わたしがピアノを弾くことで、お母さんがつらくなるんだったら、聴いてほしくなんかない。

だけどお母さんは、静かに首を横に振った。

「無理なんかしてないよ。お父さんとは、もう元には戻れないけど……千紗はお父さんとは違うものね。わたしは千紗のピアノが聴きたいわ」

「わたしの……ピアノ……」

わたしはもう、お父さんの膝の上で、ピアノを弾いていた子どもじゃない。

お母さんの言葉ひとつで、ピアノを弾けなくなった子どもじゃない。

わたしはわたし。わたしの弾きたいピアノを弾く。

「は、恥ずかしいよ」

「じゃあ千紗ちゃんに見つからないように、こっそりお母さんと行くよ」

にこにこ微笑む梨本さんから、逃げるように部屋を出る。

「シャワー浴びてくる」

そう言って、ちらっと勇太の姿を見た。

テレビを見ている勇太は、流れてくる音楽に合わせて、わずかに背中を揺らしていた。

13　きになる

「おっはよー！　千紗ちゃん！」

翌朝、夏休み明けのバスに鮎川が乗り込んできた。あいかわらず騒がしく。

緑色のネクタイの女の子たちが、そんな鮎川をちらちらと見ている。

恥ずかしくなったわたしは、体を縮める。

でも昨日、わたしのせいで雨に濡れたりしちゃったから、ちょっと心配だったんだ。

「……おはよ」

「お母さんとは仲直りした？」

当たり前のように隣に座り、鮎川がわたしの顔をのぞきこんでくる。

わたしは、自分から鮎川を抱きしめてしまったことを思い出し、めちゃくちゃ恥ずかしくなった。

「うん……まぁ……」

「そっか！　エライ、エライ」

鮎川がわたしの頭をふわふわと撫でる。わたしの顔がぶわっと熱くなる。

どうしたらいいのかわからなくなってうつむいたら、鮎川がパッと手を離した。

「あ、やべ……また近づきすぎた」

ははは っと笑って、鮎川はわたしから顔をそむけてしまった。

なんだか胸がちくんっと痛む。

「お、アユじゃん」

「はよー」

「夏休み終わっちまったなー」

「学校行くの、だりー」

「一生夏休みだったらいいのに」

紺色のネクタイの先輩たちが乗り込んできて、鮎川としゃべりはじめる。

わたしは鮎川の隣で、黙って窓の外を見た。

青い海と窓ガラスに映ったわたしの顔。

嫌じゃなかったんだけどな、わたし……鮎川に頭、撫でられたとき。

そんなことを考えている自分に気づき、慌てて首を横に振る。

隣から、先輩たちと笑っている鮎川の声が聞こえてくる。

その賑（にぎ）やかな声を聞きながら、わたしはじっと、青く広がる海を見つめていた。

二学期がはじまると、文化祭まではあっという間だ。

毎日放課後、わたしたちは伊織さんちの立派な防音室に集まり、練習を続けている。

「おーい、みんなー、聞いてくれー！」

その日、実行委員会の集まりに出ていて、ちょっと遅れてきた鮎川が、バンドのメンバーに告げた。

「なんと軽音部部長の鮎川くん、文化祭ステージ部門、大トリをゲットしましたー！」

大トリ？　それって、プログラムの最後ってこと？　もしかして一番目立つやつじゃ……。

「おっし！　ますますやる気出てきたぜ！」

「これはかましてやるしかないですね」

「どうせやるなら、たくさんのひとに聴いてもらいたいもんね」

「おれってくじ運いいみたいだなー」

鮎川や先輩たちにとっては、どうやら「あたり」らしいけど……できるだけ目立たないように過ごしてきたわたしにとっては、とんでもないことだ。

だいたい文化祭のステージでピアノを弾くことだって、わたしの予想していた未来にはなかった。

やだなぁ……めちゃくちゃプレッシャーなんですけど。

「楽しみだなー、千紗ちゃん。ちなみにプログラムに名前のるからな。軽音部のピアニスト、梨本千紗って」

「えー！　名前まで？」

わたしは頭を抱える。隣で鮎川が笑っている。

そのときふと、気がついた。

「そういえばこのバンド、バンド名ってないんですか？」

わたしの質問に鮎川が答える。

「ない」

「は？　普通、最初に決めるでしょ？　カッコいいバンド名」

「いや、おれたちはただの軽音部だから。他に部員もいねーし」

「どうして他の部員いないの？　『伝説のバンド』って騒がれるくらい有名なら、入部希望者たくさんいそうなのに」

「んー、どうしてかなぁ」

鮎川の声に大輝さんが口をはさむ。

「アユがウザいからだろ？」

「違う！　大輝の顔が怖いからだ！」

「ひとのせいにするな！」

「おまえこそ！」

鮎川と大輝さんの言いあいがはじまる。こんな光景にもすっかり慣れた。

「まぁ、ここらへんは田舎だからねぇ。バンドやろうって高校生、あんまりいないみたい」

「スタジオとか、楽器店とかも、近くにないですしね。はじめるのもなかなか大変なんです」

じゃあ鮎川も、伊織さんと仲良しでなかったら、こんなふうに活動ができなかったかもしれない。

「わたしたちがこうやって演奏できるのは、伊織さんのおかげですね」

「いや……ぼくのほうこそ、使ってない部屋や機材を使ってもらえて、助かってるんです」

伊織さんが照れくさそうにそう言った。

「じゃー、練習はじめるぞー」

鮎川の声に、みんなそれぞれの位置に着く。

鮎川は最近調子がいいみたいだ。

夏休み中もずっと練習に来ていたし、夏休み明けも、学校と部活を休んでいない。

文化祭まであと少し、ラストスパートだ。

休憩時間、わたしは凛さんと、飲み物を買いに外へ出た。

夏休みが終わっても、まだ暑い日は続いている。

堤防の向こうの海が、キラキラ光ってまぶしい。

「えっとー、大輝さんと伊織さんは炭酸って言ってましたよね」

バス停の少し先にある自販機にお金を入れ、頼まれていたもののボタンを押す。

「アユはいつもこれ」

凛さんが迷わず、スポーツドリンクのボタンを押した。

凛さんは鮎川のことなら、なんでも知っているみたい。

ちょっとだけ、羨(うらや)ましくなる。

「あの、凛さん？」

帰り道、飲み物を抱えて凛さんと歩く。

「鮎川の病気って、もう大丈夫なんですよね？」

凛さんは長い髪を海風になびかせながら、前を見つめたまま答える。

「うーん、そうだね。詳しいことはわたしもわからないけど。ただ治ったかどうかは、長期的にみないと判断できないとは聞いてる」

そうなのか……。

わたしはいつか聞いた、鮎川の言葉を思い出す。

『だから文化祭までは、絶対死ねないって思ってる』

びゅうっと強い風が吹いた。ポニーテールの髪と、制服のスカートが風に揺れる。

「やば、風つよっ。千紗ちゃん、早く中に入ろう！」

「はい！」

大丈夫。鮎川の病気はきっとよくなる。

死んだりなんかしない。絶対に。


「千紗。これ、お父さんの連絡先」

その日、学校から帰ったわたしに、お母さんがメモを差し出してきた。

「え？」

わたしは驚いて、お母さんの顔を見る。お母さんは半分に折られたメモを、わたしの手に握らせた。

「もし会いに行きたかったら、ここに電話するといいわ。千紗、お父さんの連絡先、知らなかったものね」

両親が離婚したのは、わたしが小学六年生のとき。あのころわたしは携帯電話を持っていなかったから、お父さんの番号なんて知らなかった。

それに、わたしからお母さんに「お父さんに会いたい」なんて言えなかったし。

わたしはもう二度と、お父さんに会えないのかと思っていた。

「……いいの？　お母さん」

お母さんが静かにうなずく。

「千紗の好きなようにするといいわ」

わたしは手の中で、ぎゅっとメモを握りしめる。

お父さんの連絡先。ここに連絡すれば、お父さんに会えるかもしれない。

だけどわたしはその番号に、電話をかけることができなかった。

あんなに会いたかったのに、いざ会えると思うと、勇気が出ないのだ。

だって五年間も会っていなかったんだもの。

もしかしてわたしのことなんか忘れちゃって、ひとりの生活を満喫してるかもしれない。

そんなときふと、鮎川のことを思い出した。

鮎川のうちも、お父さんがいないと言っていた。お父さんの記憶がまったくないとも。

鮎川はお父さんに、会いたいって思ったこと、あるのかな？

聞いてみたい。鮎川の気持ち、聞いてみたい。

「ないね」

翌日の休み時間、勇気を出してその話をしてみたら、鮎川はきっぱりと答えた。

なんだか拍子抜けしてしまう。

「ていうかおれ、ほんとに小さかったから、父親のことまったく覚えてないんだ。おまけに母さんから、『めちゃくちゃひどい男だった』って呪いみたいに繰り返されたら、誰だって会いたくなくなるよ」

「そっか……」

梨本さんは「家族の形に正解なんかない」って言ってたけど。いろんな家族の形があるんだな。

「千紗ちゃんは？　会いたいの？　本当のお父さんに」

鮎川が机に顔をのせ、こっちを見る。

わたしは少し考えて正直に答える。

「うん、会いたい。でも、勇気が出ないの。もうわたしのことなんか忘れて、のびのび暮らしているかもしれないし、もしかして新しい女のひととつきあってるかもしれない……そしたらいまさら会いにいったって、迷惑なだけでしょ？」

いろいろ想像すると、きりがない。

すると鮎川が、わたしに言った。

「なに言ってんだよ。迷惑なわけないじゃん」

　わたしは顔を上げて、鮎川を見る。

「会いにいってきなよ」

「でも……」

「会いたいんだろ?」

　戸惑うわたしに向かって、鮎川がにっこり笑う。

「会いたいなら会いにいったほうがいいよ。あとで後悔しないように」

　あとで後悔――鮎川の言葉が胸に染みて、わたしはぎゅっと両手を握る。

「そうだね……」

「よし、決まり。じゃあ、さっさと電話しちゃいなよ。お母さんが教えてくれたんだろ?　連絡先」

　わたしはポケットの上からスマホの存在を確かめる。

　スマホの中には、お父さんの連絡先が登録してある。何度もかけようとして、まだかけられない電話番号。

「ほら、早く電話して、会う日決めちゃえって」

「い、いま?」

「こういうのは勢いが大事なんだ。勇気出ないなら、おれが代わりに電話してやろうか？　ほら、スマホ貸して！」

　鮎川の手が、わたしの前に差し出される。わたしはぶんぶんっと首を横に振る。

「いまは無理だってば！」

「無理じゃないって！」

「だいたいなんで鮎川が、わたしのお父さんに電話かけるのよ！」

「じゃあ千紗ちゃん、自分でできるの？　できないんだろ？」

　ふたりで言いあっていたら、クラスのみんなに笑われた。

「仲いいよねぇ、ふたりとも」

「もしかしてつきあってるの？」

「ま、まさか！」

　つい大声を上げてしまい、慌てて口を押さえる。ちらっと鮎川のほうを見たら、なにも言い返さずに笑っていた。

　わたしは鮎川が言ったという『おれは誰ともつきあう気はない』という言葉を思い出す。

「千紗ちゃん」

「え？」

　ぼうっとしたわたしの前に、再び差し出された鮎川の手。

「おれが電話してあげる」

わたしは鮎川から顔をそむけ、小さくつぶやく。

「いい。自分でかける」

鮎川の満足そうな笑顔が、視界の端っこに映る。

「きっとお父さん喜ぶよ」

やっぱり鮎川は、自分勝手で強引だ。だけどそんな鮎川のおかげで、わたしはいつも動き出せるんだ。

14　あいにいく

次の日曜日、朝早く家を出て、バスで駅に向かった。

数日前、勇気を出してお父さんに電話をし、待ち合わせの約束をしたのだ。

鮎川が言ったとおり、お父さんはわたしが「会いたい」と言ったら喜んでくれて、住んでいた家の最寄り駅まで車で迎えに来ると言ってくれた。

だけどわたしは、電話で話すだけですごく緊張してしまって……せっかく五年ぶりに声を聞けたのに、思っていたことの半分もしゃべれなかった。


新幹線から在来線に乗り換え、懐かしい駅に着くと、黒い軽自動車がロータリーに停まっていた。

お父さんの車だってすぐわかる。五年前と変わっていないから。

わたしはドキドキする胸を押さえながら、車に近づく。

すると勢いよく運転席のドアが開き、男のひとが転がるように飛び出してきた。

「千紗！」

お父さんだ。ちょっと乱れた髪も、ひげ面も、年季の入ったジーンズも。五年前とおんなじだ。

「お父さん……」

「久しぶりだなぁ！　大きくなって……でもすぐにわかったよ！」

お父さんの声はやっぱり大きい。

近くを歩くひとたちが、ちらちらこちらを見ているのがわかる。

ちょっと恥ずかしくなったわたしの前で、お父さんは嬉しそうに笑っていた。


わたしが助手席に座ると、ロータリーに停めた車が、ゆっくりと走り出した。

だけどわたしたちは無言だ。すごく気まずい。

その沈黙を破るように、お父さんが話しかけてきた。

「さて、どこに行こうか。遊園地？　動物園？　それとも水族館？」

わたしはきょとんとしてから、つぶやく。

「お父さん……わたしもう、小学生じゃないんだよ？」

「あ、ああ、そうか！　そうだったな」

お父さんが苦笑いをしている。

でもきっと、お父さんの中のわたしは、別れたころの小学生のままなんだ。

そう思うと、なんか悪いこと言っちゃったかな、なんて気になってしまう。

かすかな笑いが消えた途端、また沈黙が訪れる。

「だ、だったら、どこに行きたいんだい？　千紗は」

「えっと……」

「そうだ。お昼まだだろ？　ご飯でも食べに行くか？」

わたしは少し黙ってから、逆に聞く。

「お父さんはまだ、あの家にひとりで住んでるの？」

「ああ、そうだよ」

「じゃあ……あの家に行きたい」

わたしはお父さんに向かってそう言った。

「え、うちでいいのか？　レストランでも寿司屋でも、連れてってやるぞ？」

「行きたいの。わたし、あの家に」

お父さんはなにか考え込んだあと、「わかった」と笑った。

そしてウインカーを出して、わたしの住んでいた家に向かって方向を変えた。

「散らかっててごめんな。まさかうちに来るとは思わなかったからさ。あ、テキトーに座っててよ」

お父さんはわたしをリビングに招くと、「ジュースあったかなぁ」なんて言いながら、バタバタとキッチンへ消えてしまった。

わたしはひとりで、リビングの入り口に立つ。

ソファーに脱ぎっぱなしの服。テーブルの上には食べ終えた弁当やカップラーメンの容器。洗濯物は部屋中にぶら下がったままで、床には本やCDがめちゃくちゃに積み重なっている。

「ひどいなぁ……まったくもう……」

わたしはテーブルの上を片づけ、脱ぎっぱなしの服を拾い集める。

でも……散らかった部屋を見ながら考える。

お父さんには、お母さんの代わりになるようなひとはいないみたいだな……。

ほっとしたような、さみしいような、へんな気持ち。

「ああ、いいよいいよ、片づけなんかしなくても」

炭酸飲料のペットボトルとグラスを持ったお父さんが、リビングに入ってきて言った。

「そんなこと言っても、これじゃ座るところもないし、ジュースも飲めないじゃん」

「……すみません」

「お父さんも早く片づけて！」

「はい」

お父さんが慌てて、床に置かれたものを片づけはじめる。

だけどちょっとほっとした。いつの間にかお父さんと、普通にしゃべれてる。

わたしはゴミ袋にゴミを押し込むと、壁際にあるピアノを見た。

そしてゆっくりと近づく。

「久しぶり……覚えてる？　わたしのこと」

指先でそっと、懐かしいピアノに触れる。

お父さんが手を止め、わたしを見ているのがわかった。

「ごめんね。嫌いなんて言っちゃって」

小さな声でつぶやくと、わたしはピアノの蓋をそっと開けた。

そして鍵盤の上を優しく撫でる。

ああ、変わってない。わたしのピアノだ。

この家にはグランドピアノからキーボードまで、何台ものピアノがある。

でもわたしがいつも弾いていたのは、リビングにあるこのアップライトピアノだ。

わたしが弾くと、お父さんやお母さんがソファーに座って、嬉しそうな顔で聴いてくれた。

「お父さん、弾いてもいい？」

「もちろん」

お父さんが目を細めてうなずく。

「これを弾くためにここに来たんだろう？　千紗は」

わたしはうなずいて微笑んだ。そしてピアノの椅子に腰かける。

「お父さん、リクエストは？」

わたしの声に少し考えてから、お父さんがあの曲名を口にした。

お父さんが大好きな、ロックバンドの曲だ。若いころお父さんは、このバンドのコピーバンドをやっていたって聞いたことがある。

鍵盤の上に手をのせる。

静かに一回深呼吸をすると、わたしはメロディーを奏ではじめた。

懐かしい感触と、懐かしい音が、胸に響く。

お父さん。聴いて？　これがわたしの弾くピアノだよ。

わたしはなめらかに指を動かし、音の海を泳ぐ。

気持ちいい。このままずっと泳いでいたい。

わたしはやっぱり、ピアノが好きだ。

「お父さん、どうだった……」

曲が終わって振り向いたら、お父さんが涙でぐしゃぐしゃの顔を大きな手でこすっていた。

「え、お父さん？　泣いてるの？」

「あ、ああ……お父さんは感動したんだ。まさかまた千紗のピアノが聴けるとは思わなかったから」

お父さんはごちゃごちゃ置かれた物の中からティッシュの箱を取り出し、洟を思いっきりかむ。

「千紗、ごめんな？」

わたしはピアノの前に座ったまま、お父さんの鼻声を聞く。

「お父さんもずっと千紗に会いたかった。でも会いに行かなかった。お父さんがお母さんにしていたことは間違ってたと、別れてから気づいたから。そんなダメなお父さんが、いまさら千紗に会いに行けるわけない。お母さんにも許してもらえるはずないし」

そこまで言うとお父さんはティッシュを何枚も取り出し、また洟をかんだ。

「でもな、会えてよかったよ。ほんとに……」

「お父さん……」

わたしまで泣きそうになるのを堪えて、お父さんに笑いかける。

「やだなぁ、そんなに泣かないでよ。お父さんってそんなに泣き虫だったっけ？」

「お母さんと別れてから、お父さんはいつも泣いてるよ。夜眠る前に、千紗や勇太のことを思い出してな。好き勝手やってたくせに、ひとりになると寂しいんだ。ほんと自分勝手な男だよ」

ははははっと自嘲(じちょう)するお父さんに、わたしは言った。

「だったらさ、お父さんも再婚したら？」

「あ？」

「お母さんみたいに、いいひと見つけて」

「いや、お父さんはもういいよ。誰ともつきあうつもりはない」

その声が鮎川の声と重なって、なんだか悲しくなった。

「あ、あのね。お父さん」

わたしは息を整えてから、お父さんに伝える。

「わたし、いま軽音部に入ってるの。バンドやってて……文化祭でピアノ弾くんだ」

お父さんが、少し驚いた顔でわたしを見た。

「それで……わたしの初ライブ……見にきてくれないかな？」

「えっ、いいのか？」

う、どうしよう。恥ずかしい。とっても恥ずかしい……けど……。

わたしはお父さんの顔を見つめ、こくんとうなずく。

「お父さんに聴いてほしい。わたしの弾くピアノを」

　お父さんはわたしの前で、くしゃくしゃの顔で笑った。


帰りはお父さんが、最寄り駅まで車で送ってくれた。

「ひとりで帰れるか？　このまま家まで送ろうか？」

「大丈夫だよ。来るときだってひとりで来たんだし」

わたしの声に、お父さんが苦笑いをする。

「大人になったなぁ、千紗も」

「わたしもう、十七歳だよ」

わたしは笑って、車を降りる。

「ありがとう、お父さん。またね」

お父さんが、わたしに手を振る。

「文化祭、楽しみにしているよ。お母さんと勇太を頼んだぞ」

うなずいたわたしは、駅舎に向かって歩きはじめる。

ふと振り返ると、お父さんの車はまだ停まっていた。

わたしはお父さんに向かって、笑顔で手を振った。

何度か電車を乗り換え、家の近くの駅で降り、バスに乗る。

やがて、すっかり見慣れてしまった海が見えてきた。

その途端、帰ってきたんだって気持ちがこみ上げてきて、なんだかホッとした自分に驚いた。

久しぶりにお父さんと過ごせた時間は嬉しかったけど、この町で過ごす当たり前の日々のほうが、わたしにとって大切な時間になっていたんだ。

「あっ！」

そのとき、海沿いの歩道を歩いている人影に気がつき、急いで降車ボタンを押す。

「鮎川！」

次のバス停で降りて声をかけると、コンビニの袋をぶら下げて歩いていた鮎川が、驚いた顔でわたしを見た。

「え、千紗ちゃん？」

わたしは鮎川に駆け寄る。

「買い物？」

「うん。そこのコンビニ行ってた。千紗ちゃんは？」

「わたしはお父さんに会いにいって、いま帰ってきたとこ」

わたしが伝えると、鮎川がにかっと笑って言った。

「よかったな」

「え？」

「千紗ちゃん、すごく充実した顔してる」

「そ、そう？」

恥ずかしくなって顔をそむけたわたしに、鮎川が言う。

「な？　よかっただろ？　お父さんに会いにいって」

その言葉に、胸の中がじんわりとあたたかくなる。

「あ、鮎川のおかげだよ」

わたしは鮎川の顔を見ないままつぶやく。

「鮎川に背中を押してもらわなかったら、わたしはお父さんに会いにいけなかった」

鮎川がいてくれて、本当によかった。感謝してるんだ。

「おれはなんにもしてないよ」

ゆっくりと顔を向ける。オレンジ色に染まる空の下、同じ色のニットキャップをかぶった、鮎川の笑顔が見える。

「ピアニストのお父さんかぁ。おれにもそんなカッコいいお父さんがいたらいいのに」

自分のお父さんのこと、覚えていないと言った鮎川。

わたしはお父さんと離れていても、たくさんの思い出があるけれど、鮎川にはお父さんの思い出もないんだ。

「ピアニストって言っても、うちのお父さんは全然カッコよくないんだよ。無精ひげ生えてるし、お腹は出てるし」

鮎川があははっとおかしそうに笑う。わたしも少し微笑んで続ける。

「でもね……今日、お父さんの前でピアノが弾けたの。それで、わたしがバンドやってることも話して……文化祭に来てくれることになったんだ」

顔を上げると、鮎川がわたしを見つめて、もう一度言った。

「よかったな。千紗ちゃん」

わたしは鮎川の顔をまっすぐ見たあと、力強くうなずいた。

「うん」

わたしと鮎川の間を、涼しい風が吹き抜ける。

お父さんと過ごした今日が、もうすぐ終わる。

「けど、プロの音楽家に、おれたちの演奏見られるなんてヤバくね？　あ、おれ、スカウトされちゃったらどうしよう」

「は？　どこまで自信家なの？　鮎川って」

笑いあいながら、夕暮れの道路を並んで歩く。鮎川の持っているコンビニの袋が、カサカサと音を立てる。

ふたりの長い影が並んでいて、わたしはそれを見つめながら思った。

もっともっと、鮎川といろんな話をしたいなって。

少し歩いたところで、鮎川が立ち止まる。

「おれんち、この上なんだけど」

鮎川が坂道を指さした。坂の上には古い団地が何棟か見える。

そういえば前に凜さんが言っていた。鮎川とは同じ団地の同じ棟に住んでいるって。

ということは、凜さんもこの団地のどこかにいるんだ。

「千紗ちゃん、ここからひとりで帰れる？」

鮎川の声に、わたしは答える。

「うん。帰れるよ」

「じゃあ、また、学校で」

「うん。また」

鮎川が笑って、手を振った。わたしも小さく手を振り返し、背中を向けた鮎川を見送る。

団地の窓には、いくつかの灯りが灯っていた。

鮎川の家に、お母さんはいるのだろうか。ご飯を作って、鮎川のことを待ってくれているのだろうか。

坂道を親子連れがのぼっていた。買い物袋をぶら下げたお母さんと、小さな男の子。ふたりは手をつないでおしゃべりしながら、建物に向かって歩いていく。

わたしはもう一度、鮎川の背中を見つめたあと、お母さんと梨本さんが待つ家に向かって歩き出した。


「どうしたの！　これ！」

それから数日後。

ひんやりとした雨の中、わたしが家に帰ると、リビングにピアノが置いてあった。

「おかえり、おかえり、千紗ちゃん」

「千紗、おかえり」

お母さんと梨本さんが、ピアノのそばでわたしを迎える。にこやかな顔をして。

「このピアノって……」

わたしは駆け寄り、ピアノに触れる。

これは……お父さんの家にあった、わたしがずっと弾いていたあのピアノだ。

「お父さんが送ってくれたんだよ。千紗ちゃんに弾いてもらいたいからって」

「え……」

わたしは梨本さんの顔を見て、それからお母さんに視線を移す。

「お母さん……いいの？」

だってお母さんはこのピアノを見たら、嫌なことを思い出してしまうんじゃないの？

「いいのよ。梨本さんもいいって言ってくれたし。わたしも千紗のピアノが、聴きたくなったから」

ふわっと心の中があたたかくなった。

この家に引っ越してきて、こんな気持ちになったのははじめてだ。

照れくさかったけど、わたしはお母さんと梨本さんの前で言う。

「あの……ありがとう」

ふたりがちょっと不思議そうにわたしを見る。

「わたしのピアノ……ふたりに聴いてほしいな……」

ふたりの顔がほころんで、梨本さんがわたしに言った。

「もちろん！　さあさあ、千紗ちゃん、さっそく弾いてみてよ。まだ調律前だけど、いいよね？」

「う、うん……」

梨本さんに背中を押され、ピアノの前に座る。

そうしたら昔弾いたたくさんの曲が頭に浮かんできて、わたしは自然とピアノの蓋（ふた）

をひらいていた。

「……また会えたね」

鍵盤(けんばん)を撫(な)でながらつぶやく。

嬉(うれ)しいときも、ちょっと嫌なことがあったときも、いつもわたしのそばにあったピアノ。

お父さんとの思い出が、たくさん詰まったピアノ。

「これからまた、仲良くしようね」

指でひとつ音を鳴らした。ぽーんっと高い音が響き、わたしはハッとリビングの中を見る。

リビングの隅の勇太のスペース。お気に入りのものに囲まれて座っている勇太が、じっとこっちを見ている。

「勇太、ごめん。びっくりしちゃったよね？」

勇太はいつもと違うことが苦手だから。急にピアノなんか弾いたら、驚いてしまうだろう。

鍵盤の上で手を握りしめ、どうしようかと迷っていたら、お母さんが静かに勇太に近づいた。

「勇太。お姉ちゃんになにを弾いてもらおうか？」

お母さんが勇太の手を引き、ピアノのそばに立つ。勇太はなにも答えず、ぼんやりとピアノを見つめている。

そのときわたしの頭に、ある曲が流れた。

勇太が見ていた子ども番組から流れていた曲。それは、お母さんが好きだったあの曲だ。

でも……あれを弾いたら、お母さんは……。

考えかけて、やめた。

『いいのよ。わたしも千紗のピアノが、聴きたくなったから』

さっきの言葉を信じよう。

わたしは息を整えてから、指を動かす。

リビングの中に、優しい音が響きはじめる。

雨上がりの虹（にじ）の歌。明日（あした）に希望が持てる歌。

届け。届け。わたしの音が、みんなの心に。

弾きながら、ふと隣を見る。

勇太はずっとそこにいた。音を鳴らしたら逃げてしまうんじゃないかと思ったけど、ちゃんとそこで聴いている。

すると勇太の体が少しずつ、動きはじめた。家族しか気づかないほどの小さな動きだけど、勇太は曲に合わせて、ゆらゆらと体を揺らしている。

届いているんだ。わたしの音が、勇太の心に。

それを見たお母さんが、勇太の隣に屈んだ。そしてわたしの曲に合わせて、歌詞を口ずさむ。

小さいころ、わたしに歌ってくれたように。

梨本さんは優しい表情で、わたしたちのことを見つめている。

窓から明るい光が差した。雨がやんだんだ。

わたしはピアノを弾きながら、お母さんと一緒に口ずさむ。

優しい音の流れる部屋は、あたたかい光で満ちていた。

15　とぎれる

「千紗ー、看板こんな感じでどうかな？」

ピアノが家に届いた翌日、文化祭まであと二日となり、わたしたちは教室で模擬店の準備をしていた。

文化祭は部活の発表だけではない。クラスの出し物もしなくてはいけないのだ。

わたしたちのクラスは「簡単そう」という理由だけで「チョコバナナ屋」をやることになった。そしてわたしもクラスの一員として、看板係を任されている。

「うん。いいと思う」

下書きされた看板を見下ろしながら答える。

「じゃあ色塗りしよ！」

「ほら、千紗も手伝って！」

わたしは筆を持たされ、看板の前に座った。

「千紗は赤ね！　赤担当！」

「わ、わかった」

夏休みが終わって、わたしはクラスのひとたちから「千紗」と呼ばれるようになっていた。

いまはおそろいのTシャツを着て、模擬店の看板を作っている。

こんなふうにクラスに溶け込んでいる自分が、本当に信じられない。

でも……わたしは色を塗りながら、ふっと口元をゆるめる。

こんな毎日も悪くはないかな、なんて、最近思ったりもするんだ。

「あれ、千紗、にやついてる？」

隣にいた杏奈が顔をのぞきこんでくる。

「えっ、べつににやついてなんて……」

「いや、絶対にやついてた。なんかいいことあった？」

近くにいた芽衣や穂乃香も寄ってきた。

「なになに？　千紗、なんかいいことあったの？」

いいこと……。ふと頭の中に、リビングで弾いたピアノの音が流れてくる。

わたしは顔を上げて、みんなに向かって言った。

「うん！　昨日うちにね、ピアノが届いたんだ」

「へぇ、ピアノが？」

「そう。うちの両親離婚してて、お母さんが再婚したタイミングでこの町に引っ越してきたんだけど」

いままで友だちに話せなかったことを、わたしはさらりと話していた。

「本当のお父さんが、わたしの弾いていたピアノを、いまの家に送ってくれたの。これからは毎日、ピアノ弾けるんだ」

わたしの声に、三人が微笑んだ。

「よかったね、千紗」

「千紗ってほんとにピアノが好きなんだね」

「うん」

わたしは素直にうなずいたあと、思い切ってみんなに言う。

「あの……ありがとう」

語尾が小さくなってしまった。なんだかめちゃくちゃ照れくさい。

でも、ちゃんと伝えなきゃって思ったんだ。

「みんな……わたしと仲よくしてくれて」

友だちなんかいらないとふてくされていたわたしに、このクラスのひとたちは優しく声をかけてくれた。

こんなふうにクラスの一員みたいになれたのは、みんなのおかげ。

それをいま、すごく感謝しているんだ。

「なに言ってんの？　いまさら」

「ほんと、いまさらだよ」

わたしは苦笑いしてごまかす。

「文化祭のライブ、すっごく楽しみにしてるからね！」

杏奈の声に、芽衣たちの声も重なる。

「うん、千紗のピアノ、早く聴きたい！」

「千紗のピアノで鮎川くんが歌うんでしょ？　きっとカッコいいよね！」

そうだ。ピアノがうちに来たこと、鮎川にも話したいと思っていたんだ。

わたしはぐるりと教室内を見まわす。

しかし鮎川の姿は見えない。

そういえば予算の相談をしに、職員室に行くって言ってたっけ。

「梨本さん、まだ鮎川くんとつきあってないの？」

「えっ」

突然の声に顔を向けると、いつの間にかそばに佐久間さんが立っていた。

「悔しいけど、梨本さんと鮎川くんって、息がぴったりに見えるから」

わたしの頬が熱くなる。腕組みをした佐久間さんは、わざとらしいほど大きくため息をつく。

「もう、鮎川くんってば、さっさとつきあっちゃえばいいのに。『誰ともつきあう気はない』なんて、カッコつけてないでさ」

なんて言ったらいいのかわからず、背中を丸めた。杏奈たちのくすくす笑っている声が聞こえる。

「だよね。それわたしも思ってた」

「ていうか、クラス中のみんなが思ってるよ」

「どうなのよー、千紗」

どうなのって言われても……鮎川とわたしはただのクラスメイトで、ただのバンド仲間だ。それ以上でもそれ以下でもない。

「そ、そんなことより、早く看板仕上げないと間に合わないよ!」

わたしはごまかすように、赤い絵の具を塗りはじめた。

まわりのみんなは、まだ笑っている。

今日はクラスの準備が終わったら、体育館でリハーサルをやることになっていた。忙しいけど、あと二日だ。がんばらないと。

そのときひとりの女子生徒が、真っ青な顔で教室に飛び込んできた。

「大変! 鮎川くんが廊下で倒れたって!」

「えっ」

教室の中がざわっと揺れる。わたしは筆の先を見つめる。真っ白な紙の上に、ぽたっと赤い絵の具が落ちた。

「大丈夫なの？」

「いま、青センが保健室に連れていったって」

「さっきまでいつもと変わらなかったのに」

「どうしよ、わたしたちが仕事頼みすぎちゃったからかな」

わたしは筆を置き、ゆっくりと立ち上がる。

「千紗？」

看板係のみんなが、不思議そうにわたしを見上げる。

「わたし……保健室行ってくる」

それだけ告げると、わたしの足は勝手に保健室に向かって走っていた。


「失礼します！」

返事も聞かずにドアを開く。しかし保健室に人影はない。

「あ、鮎川っ、いる？」

開いた窓から柔らかな風が吹き込み、ベッドを隠す白いカーテンが揺れている。

「……千紗ちゃん？」

カーテンの向こうから、掠（かす）れた声がした。わたしは急いでカーテンを開く。

ベッドの上に鮎川がいた。半分体を起こし、驚いた顔をして。

「だ、大丈夫?」

息を切らしながら聞く。

「うん……」

「倒れたって聞いて……それで心配で……」

「大丈夫だよ。ちょっとふらっとしただけだから。倒れたなんて大げさすぎ」

鮎川は、わたしから視線をそむける。

本当に大丈夫なんだろうか。なんだかいつもの元気がない。顔色もあんまりよくないし。

「あの、鮎川、本当に大丈夫……」

「大丈夫だって言ってるだろ! 何度も聞くなよ!」

わたしはびくっと体を震わせる。鮎川がこんなふうに怒鳴ったのははじめてだ。

だけど鮎川自身も、自分の声にびっくりしたような顔をして、気まずそうにつぶやく。

「あ、いや……ごめん。ちょっとイライラしてて……」

わたしは黙ってうつむいた。鮎川が掛布団をぎゅっと握りしめたのが見える。

「鮎川くーん」

ガラッとドアが開く音と同時に、保健室の先生が入ってきた。そしてカーテンの中にいるわたしに気づき、「あら」とつぶやく。

わたしは慌てて「二年三組の梨本千紗です！」なんて自己紹介をしてしまい、先生に笑われた。

「さすが鮎川くん、人気者ね。女の子がさっそく駆けつけてきてくれるなんて」

わたしの顔が熱くなる。そんなわたしの隣で先生が言った。

「いまお母さんが迎えにくるからね」

「えっ、迎えなんかいらないよ。もうなんともないし」

「ダメです。今日は保護者の方と一緒に帰りなさい。鮎川くんはすぐがんばりすぎちゃうんだから」

わたしはあの嵐の日を思い出す。

『千紗ちゃんはがんばりすぎるんだよ』

鮎川がわたしに言った言葉、そのままだ。

先生は鮎川に向かって、優しく諭すように言った。

「鮎川くん、あせらないで。この病気とは、長くつきあっていかなきゃいけないんだから」

「……わかってる」

「じゃあ今日はおとなしく帰って、お母さんの言うことを聞くこと。いいわね？」

鮎川は返事をしなかった。先生がカーテンの向こうに出ていく。

「くそっ……なんでこんなときに……」

つぶやいた鮎川が、握った手を布団の上に叩きつけた。

「いまがんばらなくて、いつがんばるんだよ……」

うつむいてしまった鮎川を見つめながら、わたしは思う。

今年こそは凜さんたちと、ステージに立ちたいと言っていた鮎川。

去年みんなに、迷惑をかけてしまったから、と。

全員で文化祭のステージに立てるのは、今年が最後だから、と。

鮎川は誰よりも、今年の文化祭に懸けていた。

それなのに直前に具合が悪くなってしまって……。

あせらないでって言った先生の言葉は、十分承知しているはず。ピアノが弾けなかったわたしにも、鮎川はそう言ってくれたもの。

でも、わかっていても……どうにもならない自分の体に、鮎川は腹を立てているんだ。

「寛人！」

ドアがまたガラッと開き、鮎川のお母さんが駆けこんできた。

「あんた、また先生たちに迷惑かけて！」

つかみかかりそうな勢いのお母さんを、「まあまあ」と後ろから先生が止める。

「きっと夏の疲れが出ちゃったんでしょう。熱が出るようでしたら、病院に連れていってください」

「はい。いつもありがとうございます。千紗ちゃんも、ありがとうね」

わたしにまで声をかけてもらい、少し慌てた。お母さんはわたしに笑いかけたあと、鮎川をせかす。

「ほら、寛人、帰るよ」

鮎川がふてくされたような態度で、のろのろとベッドから下りる。

「お世話になりました」

「お大事にしてください」

お母さんが先生に挨拶（あいさつ）して出ていく。そのあとに続く鮎川は、わたしのことを一度も見ようとしなかった。

放課後、クラスの準備が終わると、わたしはひとりで教室を出た。

重い足取りで体育館に行ったら、凜さんたち三人が集まっていた。

今日は軽音部以外の文化部もリハーサルをやることになっていて、運動部の姿は見えない。いまステージの上では合唱部が練習をしている。

「あ、千紗ちゃん」

　わたしに気づいた凜さんは、苦い顔つきだ。

「聞いたよ。アユ、倒れたんだって？」

「はい。本人は大丈夫って言ってましたけど、さっきお母さんが迎えにきて、家に帰りました」

「そっか……」

　うなずいた凜さんが、小さく息を吐く。

　いつもとはまったく違う、重苦しい空気がみんなの間に流れている。

「やっぱり無理じゃね？」

　口を開いたのは、大輝さんだ。わたしは、ハッと顔を上げる。

「倒れるとか……よっぽどだろ？」

「最近調子良さそうだったので、気づいてあげられませんでした」

「アユは絶対、自分から言わないもんね。具合悪くても」

　先輩たちは鮎川のことを心配している。だけどきっと鮎川はそれを望んでいない。

「文化祭、あさってだぞ。あいつはぶっ倒れたって、絶対『やる』って言うだろうけど……」

三人が顔を見合わせている。わたしはごくんと唾を飲む。

「おれはやめといたほうがいいと思う」

大輝さんがそう言った。

「ぼくもそう思います。文化祭は体を張ってまでやるものではありません」

伊織さんも言う。

凜さんはうつむいて、苦しそうに声を出した。

「そうだね。これ以上、アユに無理はさせられない」

そして凜さんは、わたしのほうを見て言った。

「ごめんね、千紗ちゃん。こっちから誘っておいて、いまさら」

わたしは黙って凜さんの顔を見る。

「あさっての文化祭、軽音部はキャンセルさせてもらおう」

そう言って凜さんは、寂しそうに笑った。

16　きづく

翌日学校に、鮎川は来なかった。

今日は午前中だけ授業を受けて、午後は明日の準備だ。

教室の中も、なんとなく落ち着きがない。

「鮎川くん、大丈夫かな……」

できあがった看板を飾りながら、杏奈がわたしにつぶやく。

「今日お休みだったけど、明日、ライブできるの？」

芽衣と穂乃香も、心配そうな顔でわたしを見る。

「……わかんない」

それだけ言って、うつむいた。

今日の放課後、凜さんたちと鮎川のうちに行くことになりそうだ。明日のステージを中止にするって、鮎川に伝えるために。

でもそんなこと、鮎川が納得するわけない。

「ライブ楽しみにしてたから、やってほしいけど」

「鮎川くんに、無理させられないし」

「でもやっぱり残念だよね」

「うん、聴きたかった。鮎川くんの歌も、千紗のピアノも」

胸がずきんっと痛む。

わたしだって弾きたかった。鮎川と一緒にピアノを。

無理なのかな。なんとかならないのかな。

わたしはどうしたらいいんだろう。

そんなことを考えていると、スマホにメッセージが届いた。

【放課後、おれの家に集合！】

鮎川からのグループメッセージだ。先輩たちにも届いているはず。

スマホを握りしめるわたしの心臓が、ドキドキと音を立てはじめ、そのあとは準備どころではなかった。


クラスの準備が終わると、待ち合わせをしていた昇降口へ急いだ。

「すみませんっ、遅くなって」

そこには凜さんたち三人が集まっていた。凜さんはわたしに笑いかけてくれる。

「大丈夫だよ。わたしたちもいま来たとこ」

だけど大輝さんと伊織さんは、いつもよりずっと、真剣な顔つきだ。

「じゃあ、行くぞ」

大輝さんが歩き出す。わたしたちはついていく。

鮎川の家に着くまでの間、先輩たちの間にはピリピリした空気が流れていて、みんなほとんど口をきかなかった。


この前、坂の下から見た団地に着くと、大輝さんが慣れた様子で階段をのぼっていった。

鮎川の住んでいる部屋は、四階。そして凜さんの家は、同じ棟の一階だという。仲がいいのも納得できる。

階段をのぼりきると、大輝さんはドアを開け、「お邪魔します」と言いながら入っていった。

戸惑うわたしに、凜さんが説明してくれる。

「おばさんいないから、勝手に入ってこいってアユに言われたの。まぁ、いつもそうなんだけど」

凜さんも大輝さんに続いて、「お邪魔します」と入っていく。わたしも慌ててあとに続く。

鮎川の家に入るのは、もちろんはじめてだ。知らない家の匂いに、ちょっとドキドキする。

「アユ！　入るぞ！」

大輝さんが、ふたつ並んでいる襖の片方を開けると、鮎川がベッドの上に座って漫画本を読んでいた。正面にある窓は開いていて、遠くに青い海が見える。

「あ、来た来た。お帰りぃ」

鮎川は耳につけていたイヤホンをはずして、漫画本を閉じる。

ベッドの上にいるが、いつもと変わらず明るい声。わたしはちょっとホッとする。

「ごめんなー、昨日リハできなくて。でももう大丈夫だから」

ベッドから下りようとする鮎川を、凜さんが止めた。

「いいよ、あんたはそこで。寝てなって」

「や、マジで全然平気。明日は学校行くしさ」

大輝さんが伊織さんの顔を見る。伊織さんがうなずくと、大輝さんは鮎川に向かって言った。

「そのことなんだけど」

鮎川がきょとんとした顔で大輝さんを見上げる。大輝さんはぎゅっと手を握りしめたあと、喉から振り絞るように声を出した。

「明日の軽音部のステージは、中止にしようと思う」

「え？」

意味がわからないといった顔で、鮎川がみんなを見まわす。

伊織さんはうつむいて、凛さんは顔をそむける。

「ちょっ、なんでそうなんの？　おれだったらもう大丈夫だって言ってるじゃん」

「大丈夫なわけねーだろ？　学校で倒れるとか……いままでなかっただろうが」

「夏休みの練習、かなりハードでしたからね。きっと体に負担がかかってたんでしょう」

「だからね、今回は見送ろうってわたしたちで決めて……」

「は？　なんでおまえらが勝手に決めてんだよ？　部長はおれだぞ？」

鮎川がみんなに向かって声を上げる。

どうしよう。喧嘩（けんか）になっちゃう。だけどわたしはなにもできず、ただ先輩たちと鮎川の姿を見つめる。

「こういうときだけ部長とか言うな。もう決めたんだ。実行委員長にも伝えてきた」

「だから勝手に決めんなって言ってんだよ！」

ベッドから飛び下りた鮎川が、大輝さんにつかみかかる。

「やめてください！」

止めようと間に入った伊織さんが鮎川に突き飛ばされ、畳の上にしりもちをつく。

「い、伊織くん！」

凜さんが駆け寄ったのを見て、大輝さんは鮎川の腕をつかんでにらみつけた。

「おれたちはおまえの体を心配してるんだよ！　いま無理して、このあとどうにかなっちゃったらヤバいだろ！　おれは文化祭に出れなくても、この先ずっと、おまえとバカやってたほうがいいんだよ！」

鮎川が手を止める。そんな鮎川に伊織さんが言う。

「ぼくも大輝の意見に賛成です。文化祭は命懸けてまでやるもんじゃないです」

鮎川の手が、大輝さんから離れた。そしてうつむいたまま、ぼそっとつぶやく。

「それでも……おれはやりたい」

部屋の中が静まり返った。誰もなにも言おうとしない。

わたしは息を吸い込み、言葉と一緒にそれを吐く。

「鮎川がやりたいなら……わたしもやる」

先輩たちが一斉にわたしのほうを見た。

「わたしは鮎川とふたりきりでも、ステージに立ちます」

「千紗ちゃん、なに言って……」

凜さんの声を聞きながら、鮎川の顔を見た。鮎川は黙ってじっと、わたしのことを見ている。

「……勝手にしろ」

大輝さんがわたしを押しのけ部屋を出ていく。

「あ、大輝、待って！」

凜さんがあとを追いかける。伊織さんは落としたバッグを肩にかけ、なにも言わずに部屋を出ていった。

ふたりだけ残された部屋に、沈黙が落ちる。

やがて鮎川がベッドの上にぽすんっと座り、ぽつりとつぶやいた。

「……なに言ってんの？」

「え？」

わたしはその場に突っ立ったまま、うつむいている鮎川を見る。

「おれとふたりきりでステージ立つって……意味わかんねぇ……」

その言葉がぐさっと胸に刺さる。

でも……たしかにそうだ。

鮎川は三年生たちにとって最後の文化祭を、一緒に楽しみたかったんだ。

わたしとふたりでやっても、意味がない。

だいたいそんなの、バンドとは言えないし。

「ごめ……」

謝ろうとしたわたしの耳に、鮎川の噴き出すような声が聞こえた。

「嘘だよ。嬉しかった。ありがと、千紗ちゃん」

顔を上げると、泣きそうな顔で笑っている鮎川が見えた。

そのときなぜか思ったんだ。

ああ、わたし、鮎川のことが好きなんだなぁって。

「昨日も……ごめんな。なんかおれイライラしてて……千紗ちゃんに当たっちゃって」

わたしは首を横に振る。鮎川はもう一度笑って、ベッドの上をぽんぽんっと叩いた。

「千紗ちゃん、こっち来て」

「え……でも……」

「いいから、早く」

おそるおそる鮎川の隣に座る。

すると片方の耳にすぽっとイヤホンを差しこまれた。そしてもう片方を、鮎川は自分の耳につける。

「なっ、なに？」

「いいから聴いてみ？」

鮎川がスマホを操作すると、イヤホンを通じてピアノの音が聞こえてきた。

「え？」

これって……わたしが弾いているピアノの音？

それは旧校舎にあるピアノの音だった。

夏休みにあの音楽室で練習をしたとき、休憩時間に弾いていた曲だ。

小さいころ、お父さんと観にいったアニメ映画の音楽。ジャズピアノにアレンジして、子守歌代わりによく弾いてくれたんだ。

あの日、なんとなく思い出して、つい弾いてみたんだっけ。

「なんで鮎川がこんなの……」

「スマホで録音したんだけど、千紗ちゃん弾くのに夢中で、全然気がつかないんだもんな」

本当にまったく気がつかなかった。

「やだっ、なんで録音なんかするのよっ」

「聴きたかったから」

鮎川にさらりと言われ、顔が熱くなる。

「おれの癒しなんだ。千紗ちゃんのピアノは」

わたしは驚いて、鮎川の顔を見る。

「楽しそうに弾いてるのが、音聴いただけでわかるから。夜寝る前に聴くと、よく眠れるっていうか……精神安定剤みたいなもん」

前に鮎川は言っていた。病気のことを考えると、夜寝るのが怖いって。

耳に響いてくる、ピアノの音。いまこの音が、鮎川の耳にも聞こえている。

わたしの奏でた音で、明日を楽しみに、鮎川が眠りにつけるなら……。

明日また、鮎川が笑ってくれるなら……。

わたしは、すごく嬉しい。

隣を見ると、鮎川はじっとなにかを考え込んでいるようだった。

「鮎川？」

声をかける。鮎川はわたしを見て、小さくつぶやく。

「おれって……ひどいやつだよな」

イヤホンをつけてないほうの耳に、鮎川の声が聞こえてきた。

「みんながあんなに心配してくれてるのに、わがままばっか言って」

鮎川がほんの少し笑う。

「明日はさ、学校のみんなに千紗ちゃんのピアノ聴かせてあげよう？」

「え……」

「主役は千紗ちゃん、おれは脇役でいいよ」

「ちょっ、なに言ってんの？」

鮎川がおかしそうに笑い出す。

「まぁ、楽しくやろうよ。ふたりでさ」

鮎川の笑顔がなんだか切なくて、胸が苦しい。

本当はふたりだけじゃダメなんだ。それはわかってる。

でも、それでも――。

「うん」

わたしは決めた。

明日、わたしは鮎川とステージに立つ。


鮎川と別れ、団地の階段を一階まで下りると、ちょうど帰ってきた鮎川のお母さんとばったり会ってしまった。

「あら、千紗ちゃん。寛人に会いにきてくれたの？」

「あ、えっと、さっきまで凜さんや大輝さんたちもいたんですけど……そのっ、いろいろあって、先に帰ってしまって……」

ふたりだけと思われるのが恥ずかしくて、必死に説明すると、お母さんはくすくす笑った。

「千紗ちゃん、いつもありがとうね。寛人の面倒みてくれて」

「そんな……面倒なんて……」

わたしは首を横に振ってから、お母さんに言った。

「わたし、明日鮎川くんとステージに立ちたいんです。凛さんたちはやめたほうがいいって言ったんですけど、わたしは……鮎川くんがやりたいっていうなら、一緒にやりたいです」

そこまで言うと、わたしはお母さんの前でぺこっと頭を下げた。

「どうか許してください。明日、体育館で三曲だけ歌うことを」

「千紗ちゃん、顔を上げて」

お母さんに言われて、わたしはゆっくり顔を上げる。

「寛人は本当に友だちに恵まれてるよね。凛ちゃんも、大輝くんも、伊織くんも……寛人のことを本当に大切にしてくれてる。あの子にはもったいないほど、いいお友だち」

お母さんがわたしを見つめ、にっこりと微笑む。

「それに千紗ちゃんも」

ぼんやりとしているわたしに向かって、お母さんが言った。

「わたしはね、お医者さんに止められていない限りは、あの子の好きなことをやらせてあげたいって思ってる。わたしが止めても、どうせきかないし」

「おばさん……」

「なにかあったらわたしが責任取るわ。体育館にも行くつもり。来るなって言われてるから、こっそり内緒でだけどね」

お母さんはそう言って、いたずらっぽく笑う。

「だから千紗ちゃん。あの子のことをサポートしてやってくれる？」

いつも助けられてばかりのわたしが、鮎川を助けてあげられるのかはわからないけど。

「はい」

返事をしたわたしの前で、もう一度お母さんがにっこり微笑んだ。

17　はじまる

「え？　軽音部のキャンセルを取り消したい？」

「はい。申し訳ないんですけど、最初の予定どおり、やらせてほしいんです」

翌朝、鮎川よりも早く登校したわたしは、文化祭の実行委員長のところへ走った。

委員長の三年生男子は、眼鏡をかけた、ちょっと気難しそうなひとだった。

でも委員長にはわたしから話をしておくって、昨日鮎川と約束したんだ。

委員長は眼鏡のフレームを押し上げながら、わたしのことを怪訝な顔つきで見た。

「きみ、軽音部の子？」

「あ、はい！　二年三組の梨本千紗といいます！」

「ふうん、きみが鮎川のバンドに入ったっていう転校生か」

わたしのこと、三年生にまで知れ渡っているんだ。恥ずかしい。

委員長はわたしのことをじろじろ見たあと、こう言った。

「でも鮎川の具合が悪いから無理だって、大輝に言われたんだけど」

「あ、あのっ、それが大丈夫になって……いまからじゃ、もう無理ですか？」

不安になっておそるおそる聞いてみると、委員長がにこっと笑った。

「大丈夫だよ。キャンセルとは言われたけど、一応枠はそのまま取ってあるんだ」

「え……」

「ぼくも鮎川たちのバンド、聴きたかったからさ」

ああ、どうしよう。実はわたしと鮎川のふたりだけなんて言えなくなっちゃった。

「じゃあ、最初の予定どおりってことで！　楽しみにしてるよ！」

「は、はい！」

委員長の背中を見送りながら考える。

軽音部の演奏を、みんなが楽しみにしてくれている。

なんとかならないかな。

本当はこのままじゃダメだって、鮎川だって思っているはず。


そのあと教室に戻り、すっかり「チョコバナナ屋」の飾りつけがすんだころ、鮎川が登校してきた。その途端、クラスのみんなが鮎川を囲む。

「もう大丈夫なの？　鮎川くん」

「大丈夫、大丈夫。でも準備できなくて、すみませんでしたっ」

「え、いいよー、そんなの」

みんなが笑って、鮎川も笑っている。

たぶん鮎川は、病気のことや留年のことがなくても、こんなふうに誰からも注目される人気者だったんだと思う。

「おわびにおれ、ガンガンチョコバナナ売りまくるから！」

「いや、鮎川くんは売り子のローテーションに入ってないし」

「へ？　おれ、もしかして仲間はずれ？」

「だって鮎川くんは大事なステージがあるでしょ？」

「学校中のみんなが楽しみにしてるんだから。千紗と一緒に、そっちに集中してよ」

「マジで？　なんかおれたちスター扱い？　やったな、千紗ちゃん！」

鮎川が振り向き、みんなの視線がわたしに集まる。わたしは恥ずかしくなってうつむく。

わたしは鮎川みたいに、注目されることに慣れていない。

そんなわたしのところへ、鮎川がやってきてささやいた。

「文化祭の実行委員長のとこ、行ってくれた？」

「うん。枠は取ってあるから、大丈夫だって」

「よし！　んじゃ、軽音部のステージ、ふたりで予定どおり決行な」

鮎川はそう言って笑ったけど、わたしは複雑だった。

軽音部の演奏を楽しみにしているみんなや、凜さんや大輝さんや伊織さんの気持ちを考えると、本当にこれでいいのかと、さっきからずっとぐるぐる考えているんだ。

「あ、あの、鮎川？」

「うん？」

「本当にふたりだけでできるのかな？」

「はぁ？　なに言ってんの？　ここまできて」

「だってさ、バンドでは何度も練習したけど、ふたりきりでなんかやったことないよ」

「大丈夫だよ。なんとかなるさ」

わたしの頭に、伊織さんちの防音室で練習した日々が浮かんでくる。

みんなで意見を出しあって作った曲。

息がぴったり合った瞬間の爽快さ。

練習帰りにコンビニで買ったアイスの味。

今日のために、心を合わせて、大切に日々を積み重ねてきた。

「鮎川……もう一度大輝さんたちを誘ってみない？　一緒にやろうって」

鮎川が黙った。わたしは鮎川の腕をつかむ。

「わたし、鮎川の気持ちもわかるし、先輩たちの気持ちもわかるの。先輩たちだって、鮎川と一緒にやりたいに決まってる。もう一回ちゃんと話し合って、全員でステージに立とうよ」

「いいよ、もう……あいつらとこれ以上喧嘩したくないし」

鮎川がそっとわたしから目をそむけた。

「鮎川くーん、千紗ちゃーん、呼ばれてるよー」

そのときわたしたちを呼ぶ声が聞こえた。

見ると廊下から、大輝さんが鋭い目でこちらをのぞき込んでいる。そして親指でくいっと合図し、「こっちに来い」と唇を動かした。


廊下には大輝さん以外に、凜さんと伊織さんもいた。

二年生の廊下に勢ぞろいした軽音部の三年生たちを、みんなが遠巻きにうかがっている。

ものすごく居心地が悪かったけど、大輝さんは気にせず鮎川に言った。

「おい、アユ。実行委員長に言ったんだってな。ステージに立つって」

その言葉に、わたしが割り込んだ。

「い、言ったのはわたしです！　わたしがやらせてくださいって頼みました！」

大輝さんがわたしを見る。

「あの、わたし、先輩たちが鮎川を心配している気持ちはわかります。わたしだって同じです。でも鮎川が、今年の文化祭にどうしても出たいっていう強い気持ちもわかるから……」

　わたしは黙り込んでいる鮎川を見て言った。

「そうだよね、鮎川。鮎川は自分のことを待っててくれた先輩たちと、どうしても一緒にライブをやりたかったんだよね？」

　鮎川はなにも答えない。わたしはもう一度、大輝さんたちのほうを向く。

「だからみんなで一緒にやりませんか？　わたしも本当は鮎川とふたりだけじゃなく、先輩たちと一緒がいいんです」

　そして頭を下げる。

「お願いします！」

　あたりが一瞬静まり返った。大輝さんも伊織さんも凜さんも、なにも言わない。

　頭を下げたまま、きゅっと唇を噛みしめたとき、わたしの隣で鮎川が言った。

「お願いします。おれと一緒にステージに立ってください」

　その声にハッと顔を上げて、横を見る。鮎川が先輩たちに向かって、頭を下げている。

「おれ、みんなに迷惑ばかりかけて……また迷惑かけちゃうかもしれないけど……それでもやっぱり、みんなと一緒にやりたいから」

　鮎川の声が、じんわりと胸に響く。

すると伊織さんと凜さんが、ため息まじりにつぶやいた。

「ぼくたちがあんなに止めたのに……どうしてわかんないんですかね、このひとは」

「ほんと。言うこと聞かない子どももみたいで手におえないわ、あきれた」

鮎川がゆっくりと顔を上げ、先輩たちを見る。

「おい、アユ！　ふたりで軽音部を名乗るなって言ってんの！　このバンドはおまえらのバンドじゃねぇんだよ。おれたち五人のバンドなんだ！」

大輝さんがそう言って、手に持っていたプログラムをパンッと叩いた。そこには軽音部のメンバー五人の名前が書かれている。

鮎川がハッとした顔で大輝さんを見る。大輝さんは鮎川の胸をとんっと指先で押す。

「ギタリストがいなきゃ、あの曲は、はじまらねぇだろうが」

「え……」

「それを言うなら、ドラマーも必須でしょ」

「ベーシストを忘れてもらっては困ります」

「なんで……」

「だから五人のバンドだって言ってるだろ！　なぁ、千紗ちゃん？」

大輝さんに言われ、わたしは潤んだ目で大きくうなずいた。

「はい！　わたしも五人でステージに立ちたいです！」

大輝さんがふっと笑って、鮎川を見る。

「なに泣いてんだよ」

「な、泣いてねーし」

鮎川が目元をごしごしこすっている。

やっぱりみんなとやりたかったんだよね、鮎川？

「その代わり、ちょっとでもおかしくなったらおれたちに言えよ？　途中でもやめるからな」

「黙って無理したら、今度こそ許さないよ」

「コレ、絶対条件ですから」

「……うん」

うつむいてしまった鮎川の背中を大輝さんがぽんっと叩く。伊織さんもにこにこ笑っている。

鮎川は顔を上げ、目元をこすりながら、いつもみたいに笑った。

よかった。本当によかった。

わたしは洟をすすり、隣にいる凜さんを見る。

凜さんは優しい目で三人の男子たちを見ていた。

いいなあって思った。友だちっていいなあって、そのときはじめて思った。

「てか、泣いてる場合じゃねーぞ。おれたちリハやってないだろ？」

「本番の前に一度合わせたいですよね」

　そう、体育館でリハーサルをする予定だった日は、キャンセル騒ぎでできなかったから。

「でも体育館は無理よね。もうステージ部門はじまってるもん」

「だったら、あそこは？」

　わたしの声にみんなが振り向く。

「旧校舎の音楽室！」

　ただ、先生に使用禁止と言われてしまったけれど。

「わたし、青山先生に頼んでみます！」

　そう言ってわたしは、廊下を駆け出した。


　青山先生をなんとか見つけ出し、頭を下げて、旧校舎の鍵を貸してもらった。

　文化祭は出ないと言っていた大輝さんと伊織さんだったけど、ちゃんとギターとベースを持ってきていた。凜さんはマイスティック。

　リハーサルの日に持ち込んだ機材は、体育館に置いたままだ。

　きっと本音は、みんな鮎川とステージに立ちたかったんだと思う。

「んじゃ、本番前、最後の音合わせ行くぞ」

大輝さんがギターを肩にかけ、みんなに言う。

だけどここにはドラムもアンプもない。雰囲気だけの音合わせだ。凜さんはドラムの代わりに椅子の背を叩くことになった。

「アユ、おまえは通常の二十パーでいいからな。力は本番まで残しとけ」

「わかってるよ」

椅子に座ったまま、鮎川が答える。もちろん鮎川のマイクもない。

わたしは手をむすんだりひらいたり動かしてから、鍵盤(けんばん)の上に指をのせた。

「じゃあ行くよ」

凜さんのスティックがカウントをとる。

タタタンッと椅子の背を叩き、曲がはじまる。

わたしはみんなに合わせてピアノを奏でる。

イントロが終わると、マスクをはずした鮎川が、静かに歌いはじめた。


体育館では午前中からずっと、ステージでの発表が行われている。

合唱部や演劇部などの文化部の他、個人的に歌を歌ったり、友だち同士でコントを披露したりするひとたちもいるそうだ。

音楽室で音合わせと軽い食事をし、わたしたちが体育館に着いたとき、吹奏楽部の演奏がはじまるところだった。

その音色を聴きながら、舞台そでに待機する。

暗幕の陰から客席を見ると、思ったより多くのひとが演奏を聴いていた。

「うわ、こんなにたくさんひとが……」

つい口に出してしまったら、凜さんが教えてくれた。

「けっこう部員の家族が観にきてたりするから、吹奏楽が終わったら一気に減ると思う」

「あ、そうなんですか」

ほっとしたわたしに、大輝さんが言う。

「で、入れ替わりにさらに多くの観客が入ってくるわけ」

「え……」

「おれたちの演奏を聴きにな」

大輝さんがわたしを見て、自信ありげににっと笑う。

鮎川といい、大輝さんといい……どうしてみんな自信満々なんだろう。信じられない。

わたしは体を震わせて、もう一度客席をのぞく。

いままでもたくさんのひとがステージを見ているというのに、これ以上のひとが？　でもこのバンドのことは噂になっていた。『伝説のバンド』だって。

クラスのみんなも、軽音部がステージに上がる時間までにチョコバナナを売りつくして、全員で聴きに来るって張りきっていた。

急に心臓がざわめきだす。

いまさらだけど……わたし、とんでもないところでピアノを弾こうとしてるんじゃない？

「客席なんか見なくていいよ」

呆然（ぼうぜん）としているわたしの視界が隠れた。隣を見ると鮎川が笑って、別方向を指さした。

「千紗ちゃんが弾くのはアレ」

ステージの端にあるグランドピアノ。いまは誰にも弾かれずに、出番を待っている。

わたしはまだあのピアノで演奏したことがない。ぶっつけ本番なのだ。

どうしよう。できるかな。手、震えてきた。

パチパチと拍手が鳴り響く。楽器を持った生徒たちが、ガタガタと椅子から立ち上がる。

吹奏楽部の演奏が終わったのだ。気づくと観客が増えている。

並んでいた観客席の椅子もいつの間にかどかされ、ステージ前にひとが集まってくる。

みんな軽音部の演奏を聴きに来たのだ。

ステージの真ん前に、クラスTシャツを着た杏奈たちの姿が見えて、心臓がひやっと縮み上がる。

「軽音部のみなさーん。準備お願いしまーす」

実行委員のひとが声をかけてきた。鮎川がみんなの顔を見まわす。

「じゃ、行こうか。おれたち最後のステージへ」

「おうっ」

「はい」

「うん」

大輝さん、伊織さん、凛さんが、ステージに出ていく。

それだけで観客席から、わぁっと声が上がる。

セッティングは実行委員の生徒たちも手伝ってくれるそうだ。

わたしもピアノに向かおうとしたけど、足がうまく動かない。

どうしよう。どうしよう。手もぶるぶる震えてる。

「千紗ちゃん、緊張してる？」

観客のざわめきとともに、鮎川の声が聞こえてきた。

声も出せずにうなずくわたしに、鮎川が言う。

「大丈夫だよ。いつもどおりに弾けばいいんだよ」

わたしは泣きそうな気持ちで、鮎川を見上げる。鮎川はふっと笑うと、耳元に顔を近づけ、わたしだけに聞こえる声でささやいた。

「おれ、歌うよ」

鮎川の声が耳から全身に伝わって、かあっと熱くなる。熱を帯びたわたしの手を、鮎川がそっと握りしめる。

「いままでで一番カッコいい歌、歌うから」

「……うん」

うなずいたわたしを見て、鮎川が笑った。

「千紗ちゃんは、いままでで一番楽しくピアノ弾いてよ」

いままでで一番楽しいピアノ。頭の中でピアノの音が躍り出した。

「わかった」

わたしは鮎川に、少しぎこちない笑顔を返す。

鮎川がわたしの手を離した。わたしはそのままピアノの前へ向かう。

歩き出すわたしの背中を、鮎川が見つめている。

ライトに照らされたステージの上。
今日、わたしはここでピアノを弾く。
わたしの音が、みんなの音が、鮎川の声が、誰かの心に届きますように。
そう願って——。

18　とどける

「どーもー！　軽音部でーす！」

ステージに鮎川が現れた途端、客席から「わー！」とか「キャー」とか歓声が上がった。

やっぱり鮎川の人気はすごい。

同じ学年の子たちだけじゃなく、一年生も三年生も集まっている。

その歓声の中、「千紗ー！」という叫び声が聞こえた。

見ると杏奈たちがキャーキャー騒ぎ、手を振りまわしている。その中には、ちょっと不機嫌そうな佐久間さんの姿も見える。

わたしは戸惑いながら笑顔を作って、小さく手を振り返した。

ステージの中央に立った鮎川は、マイクに向かってしゃべりはじめる。

「二年間、お待たせしました！　って、待っててくれたひといるのかな？　いなくても今日は勝手に歌わせてもらいまーす！」

客席から笑いがもれる。その声に混じって、舞台のそでから声が聞こえた。

「あのひとでしょ？　鮎川先輩って」

実行委員のひとたちだろうか。鮎川先輩って言っているから、一年生だ。

グランドピアノはステージの端にあるので、話している声がかすかに聞こえる。

「ああ、去年入院してて留年したってひと？」

「なんかヤバい病気だったらしいじゃん」

「あの帽子、薬のせいで髪抜けちゃって、それを隠すためにかぶってるらしいよ」

「えー、かわいそう。わたしだったら絶対無理。耐えられない」

わたしは膝の上でぎゅっと手を握る。

留年したひと、ヤバい病気、かわいそう……鮎川はそんな言葉を今までどれだけ浴びてきたんだろう。どんな気持ちで、受け止めているんだろう。

あの笑顔の裏側で、鮎川はきっと、わたしたちにはわからない複雑な想いをいっぱい抱えているんだ。

「千紗ちゃん」

凜さんの声にハッとした。

「大丈夫？」

わたしはうなずく。

そして握りしめていた手を、鍵盤の上に置く。

わたしがいま、そんな鮎川にしてあげられること。

それは鮎川と一緒に、楽しくピアノを弾くこと。
いままでの中で、一番楽しく。
わたしは心の中で、グランドピアノに話しかける。
はじめまして。あなたを弾くのははじめてだね。
今日は思いっきり弾かせてもらうから。少しだけ、つきあってね。
「それでは、短い時間ですけど、楽しんでいってください！」
鮎川が話し終えると、客席から拍手が起こった。
鮎川は振り向いて、みんなを見まわす。
凜さん、伊織さん、大輝さん、そしてわたし。
わたしは鮎川に向かって大きくうなずく。
「いっくよー！」
凜さんの声がステージに響く。
カッカッカッ……。
いつものスティックの音。
ダダダンッ！
低く強い音が、胸の奥を激しくノックしてくる。
凜さんのドラムの音に重なる、伊織さんのベース。

伊織さんは淡々と、しかし少しの狂いもなく、リズムを刻む。

そしてイントロからいきなり魅せつける、華やかな大輝さんのギター。

前方の女の子たちが、黄色い声を上げる。

わたしはみんなの音に合わせて、ピアノを叩くように弾く。

強く、速く、激しく。

ちょっとくらい間違えたって気にしない。わたしはわたしのピアノを弾く。

わたしたちを見ていた鮎川が、嬉しそうに笑った。そしてマスクをはずして、観客のほうを向く。

イントロがはじまっただけで、生徒たちはもう体を動かしている。

すごい。後ろのほうにいたひとたちも、ひきつけられるように、前に駆け寄ってくる。

すうっと息を吸い込んだ鮎川は、マイクをつかむと、力強い声で歌いはじめた。

わぁっ！

一曲終えると、体育館に歓声が響いた。

気づけば、はじまったときよりさらに、ひとが増えている。

男子も女子も、エンジ色のネクタイも紺色のネクタイも緑色のネクタイも……。

「ありがとうございまーす！」

マイクに向かって言った鮎川のそばに大輝さんが近づき、なにか話している。

鮎川の体調を気づかっているんだろう。

最初の曲から、ハードなロックナンバーだった。

わたしでさえ、体が熱くなって、息が切れそうだ。

ただお客さんにはウケたみたいで、噂を聞きつけた生徒たちが、さらに続々と集まってくる。

「あ……」

そのとき体育館の入り口のそばに、ふたりの人影を見た。

お母さんと、梨本さんだ。ふたり並んで、ステージを見ている。わたしは慌てて視線をそむける。

が、そらした視線の先に、今度はお父さんの姿を見つけた。

体育館の壁際に、ひとり立っているではないか。

うわ、どうしよう。恥ずかしい、恥ずかしい。でも……。

わたしは鍵盤の上をすうっと撫でる。

いま、音の波に呑まれていた瞬間、すごく気持ちよかった。この気持ちを、お母さんとお父さんと梨本さんにも感じてほしい。

届くかな。届けよう。わたしの音を。

「では二曲目、聴いてください」

鮎川の声に、観客が静まり返る。

わたしは鍵盤の上に指をのせたまま、鮎川の横顔を見る。

鮎川はマイクをつかんで目を閉じたあと、大きく息を吸い込み歌い出した。

二曲目は、鮎川の声だけではじまる歌。

しんとした体育館に、さっきとは違う、切なくて儚（はかな）い声が響き渡る。

体を揺らしたり、声を上げたりしていた生徒たちも、息を止めるように鮎川の声に聴き入っている。

鮎川の声は不思議だった。普段はふざけてばかりのくせに、歌っている声は別人のように美しい。

特にこんな優しい曲は、声を聴いているだけで涙が出そうになる。

ズドンッ。

ぼうっとしていた頭を覚ますかのように、ドラムの音が響き渡る。

それを皮切りに、重なっていくベースとギター。わたしもピアノの音を添えていく。

ここからはミディアムテンポの曲調になる。伊織さんが作った、ちょっと大人っぽい、おしゃれでカッコいい曲。

観客たちが体をゆらゆら揺らしはじめる。楽しそうに踊っている杏奈たちの姿が見える。

鮎川がマイクを手に、歩きながら歌う。ときどき立ち止まって、お客さんと一緒に体を揺らしたりして。

楽器を弾くみんなも、気持ちよくリズムにのっている。

すごい。ステージと客席が一体となっていく。

みんなで泳ぐ音の海。このままずっと泳いでいられたらいいのにな……。


「ありがとうございましたー！」

鮎川の声に、客席から大きな拍手と歓声が巻き起こった。

わたしは深く息を吐く。心臓がまだドキドキしている。

ひとりでピアノを弾いていたときとも、五人で演奏していたときとも全然違う。

胸の奥が熱くて、ドキドキが止まらなくて、でもすごく心地いい。楽しい。

ステージの真ん中で、鮎川が振り向いた。

「行けるか？　アユ」

大輝さんが声をかける。大輝さんは後ろからずっと、鮎川のことを気づかっている。

「おう」

鮎川がにっと笑って、大輝さんに親指を立てる。

「ぼくも行けます」

「わたしも」

伊織さんと凛さんも、にこっと笑って親指を立てた。

「わ、わたしも！」

わたしはグランドピアノの陰から、高く親指を上げる。

それを見た鮎川が、あははっと笑って言った。

「じゃあ、おれたちのラストの曲、よろしく」

おれたちのラストの曲……そうだ、文化祭が終わったら、先輩たちは引退。

この五人で演奏するのは、これが最後なんだ。

わたしは鍵盤(けんばん)を見下ろし、ごくんと唾(つば)を飲む。

ラストの曲はピアノからはじまる。落ち着いて。絶対失敗しないように。

そんなふうに考えたら、突然指先が震えてきた。

ダメ。震えちゃダメ。落ち着かなきゃ……だけど鍵盤にのせた手が、カタカタと揺れている。

「それでは、これがラストの曲になります」

鮎川がマイクで客席に向かって言った。

「えー？」とか「もうー？」とか、不満そうな声が飛んでくる。

「あ、マジで？　だったらもっと曲用意してくりゃよかったなー！　さーせん！」

鮎川がへらへら笑いながらしゃべっている。客席から笑い声が聞こえる。

「でも最後は、今日一番の想いを込めて歌います。もしいま笑っていても、心のどこかで不安や恐怖に押しつぶされそうになってるひとがいたら、この曲を聴いてほしい。なんの力にもなれないけど、ちょっとでも背中を押してあげられたらいいな……なんて、そんなふうに思うから……」

体育館の中がしんと静まり返った。みんな鮎川の声に耳を傾けている。

「一生懸命歌うので、聴いてください。『眠れない夜、この音が君に届きますように』」

鮎川がマイクを手に持ち、わたしに体を向けた。鮎川の視線とわたしの視線がぶつかる。

「千紗ちゃん」

鮎川の唇がそう動く。わたしは静かにうなずいて、鍵盤にのせた手を見下ろす。

震えはまだ残っているけど……鮎川の見ている前で、目を閉じる。

はじめて鮎川に出会った日、車の中で聴いた曲。

連れていかれた防音室で、衝撃を受けたみんなの演奏。

誰もいない音楽室で弾いた、ピアノの旋律。

お父さんの前で響かせた、懐かしい音。
この町に来てから聴いたたくさんの音が、さざ波となって頭の中に押し寄せる。
わたしは深呼吸をした。
静かに目を開き、心の中でカウントダウン。
三、二、一……。
わたしの指がしなやかに音を奏ではじめる。
優しく、切なく、美しく。
体育館に響き渡るわたしの音。
その音に、鮎川の声が重なった。
わたしは想いを込めて、ピアノを弾く。
どうか鮎川の心に、この音が届きますように。
鮎川の背中を、そっと押してあげられますように。

切なく優しいバラードを鮎川が歌い上げ、ピアノの最後の一音が体育館に響く。
客席はしんと静まり返っている。わたしの目に、鮎川の背中が見える。
弾けた。最後まで弾けた。何度か間違えちゃったけど……鮎川や先輩たちと一緒に、
最後まで弾けた。

パチパチ……と、小さな拍手が聞こえた。杏奈たちがステージを見上げ、手を叩いている。

その音に釣られるように、次々と拍手が巻き起こり、体育館中に鳴り響いた。

「ありがとう！」

鮎川の声が聞こえる。

「ぼくたちのバンドはこれで解散です。最後まで聴いてくれて、ありがとうございました！」

客席に向かって、鮎川が深く頭を下げた。

立ち上がった凜さんと、大輝さんと伊織さんも頭を下げる。

わたしも慌てて立ち上がり、グランドピアノの横で頭を下げた。

「千紗ー！　よかったよー！」

「素敵だったー！」

杏奈と芽衣がキャーキャー騒ぎながら、手を振っている。穂乃香と佐久間さんは、ハンカチで涙を拭っている。

すごく照れくさかったけど、小さく笑って、ちょっとだけ手を振り返す。

大きな歓声の中、わたしは鮎川の横顔を見た。

鮎川は嬉しそうに笑って、客席に向かって大きく手を振った。

「お、終わったぁ……」

「マジ緊張したし」

「え、大輝、余裕の顔でギター弾いてたけど？」

「バカ、手ぇ震えてヤバかったんだぜ！　めっちゃミスったし」

先輩たちのあとについて、舞台のそでへはける。

演奏の余韻が残る体育館の中、実行委員長がステージの上で挨拶をしている。

その声を聞きながら、わたしは自分の足が震えていることに気がついた。

いまになってまた、さっきの緊張がよみがえってきたんだ。

そんなわたしの頭に、ぽすっと手のひらがのっかった。

「おつかれ」

顔を上げると、鮎川がわたしの頭を撫でている。

かあっと顔が熱くなり、足の震えなんてどこかへ飛んでいってしまった。

「お、おつかれ」

「すっげーよかったよ。千紗ちゃんのピアノ」

鮎川がわたしの前でにこっと笑う。わたしは思いっきり首を横に振る。

「あ、鮎川の歌のほうがよかったよ」

「まぁ、そりゃあ当然よ。おれの次に千紗ちゃんのピアノがよかったってこと」

「はぁ？　なにそれ。どこから来るわけ？　その自信」

わたしの隣で鮎川がははははっと笑う。すごく楽しそうに。

よかった。鮎川にはこんなふうにずっと、笑っていてほしい。

「アユー、お迎えがきてるよ」

凜さんの声にふたりで顔を向ける。舞台の隅で、鮎川のお母さんがにこにこ笑っている。

「は？　なんでこんなとこにいるんだよ！」

「青山先生に頼んで入れてもらったの。特等席で聴けちゃった。みんなの演奏」

お母さんの隣には、青山先生も立っている。

「サイコーだったぞ、我が軽音部のライブ！」

「なんにもしてないくせに。こういうときだけ顧問ぶるなよ」

「あー？　鮎川、なんか言ったか？」

「なんでもありませーん」

わかりやすく先生から顔をそむけた鮎川の腕を、お母さんがガシッとつかむ。

「さ、寛人、帰るよ」

「ちょっ、もう少しいいだろ？　まだチョコバナナ食ってねーし」

「ダメです。今日はもう、おうちに帰って休むこと。凛ちゃん、大輝くん、伊織くん、本当にありがとうね」

お母さんが鮎川の腕をつかんだまま、先輩たちに言う。

「いえ、こちらこそ、ありがとうございました」

「ほら、アユ。とっとと帰れ！」

大輝さんが鮎川に向かって、しっしっと手を払っている。

「千紗ちゃんも、ありがとうね」

お母さんに言われ、わたしはなんだか泣きたくなる。

だってそのときやっと、みんなそろってステージに立てた喜びが湧き上がってきたんだもん。わたしの目から、ぽろっと涙がこぼれた。

「あら、わたし、へんなこと言っちゃったかな？」

お母さんが慌てている。違うの、違います。鮎川のお母さんのせいじゃありません。

でもなんだか涙が止まらなくて……。

「千紗ちゃん、おれが帰っちゃうのがそんなに寂しいか？」

鮎川の笑い声が聞こえて、わたしは手を振り上げる。

「そんなわけないでしょ！　バカッ！」

だけどその腕を鮎川にパシッとつかまれた。

そしてわたしの顔をのぞき込んでくる。

「じゃな、千紗ちゃん」

「……うん」

鮎川はわたしから手を離すと、みんなに向かってこう言った。

「えっと、今日は本当に、ありがとうございました！」

ぺこっと頭を下げた鮎川を、先輩たちがぽかんと見つめて、すぐに笑った。

「いいからさっさと帰れよ」

「バイバイー、アユー」

「おつかれさまでした」

鮎川が先輩たちに手を振って、お母さんと一緒に帰っていく。

わたしは黙ってその姿を見送る。

なにか言いあいながらも、寄り添うようにして歩いていくふたり。

鮎川はお母さんのことを、お母さんは鮎川のことを、すごく大事にしているってわかる。

でもなんでだろう。なんだかとっても切ない。

「そういえば、大輝のお母さんとお父さんも来てましたよね」

「え、マジで？　来るなって言ったのに！」

「愛されてるねー、大輝はー」

そのときわたしは思い出した。

そうだ。お父さんとお母さんと梨本さん！

わたしは舞台裏から客席のほうへ出る。

実行委員長の挨拶が終わり、生徒たちがぞろぞろと外へ出ていくところだ。

きょろきょろとまわりを見まわすと、こっちに向かって大きく手を振る男のひとが、遠くに見えた。片手にはハンカチらしきものを握りしめている。

「お父さん！」

ざわめきの中、声を上げる。だけどお父さんはにっこり笑っただけで、ひとの流れに乗って体育館から出ていってしまった。

手に持っていたハンカチ。もしかしてまた泣いちゃった？

でも、わたしの音が、鮎川の声が、お父さんに届いていたら嬉しい。

お父さんの背中を、わたしたちが押してあげられたならすごく嬉しい。

「千紗」

背中から声がかかってハッとする。振り返ると、お母さんと梨本さんが立っている。

「千紗ちゃん、カッコよかったよ」

梨本さんがわたしの前で、にこやかに微笑む。

「千紗ちゃんのピアノ、すごく感動した」

「あ、ありがとう」

梨本さんは褒めすぎだ。そう思ったけど、素直に嬉しいとも思った。

「千紗」

そんなわたしに、お母さんが言う。

「ありがとうね」

「え？」

意味がわからなくて、首をかしげた。

「千紗のピアノが聴けて……よかった」

目の奥が、じんわりと熱くなる。

徐々にぼやけてきた視界に、わたしの大好きなお母さんの笑顔が見えた。

19　つたえる

「え、入院？」

文化祭の翌朝、いつものバスに鮎川は乗ってこなかった。

少しの不安を抱えて学校前で降りると、校門のところに凛さんと大輝さん、それに伊織さんの三人が集まっていた。

そして凛さんが教えてくれたのだ。鮎川が入院したってことを。

「入院って……え、どうして……大丈夫なんですか、鮎川は……」

軽くパニックになったわたしを、凛さんがなだめてくれる。

「落ち着いて、千紗ちゃん。わたしも今朝、おばさんから聞いたんだけどね。今回の入院は検査入院で、あらかじめ決まっていたことらしいの」

「決まってた？」

でも鮎川はそんなこと、ひと言も話してくれなかった。

「ただ、その検査の結果が悪かったら、そのまま長期入院になる可能性もあるって」

凛さんの言葉に大輝さんが、「ちっ」と舌打ちをする。

「なんでそういうこと黙ってるんだよ、あいつ」

大輝さんの隣で伊織さんがつぶやく。

「ぼくたちに心配かけないようにしてたんでしょうね。それか、大輝にステージ出るの止められると思って……」

「おれだけじゃねぇだろ。おまえだってやめようって言ったじゃねーか」

ふたりの声を聞きながら考える。

きっと鮎川は結果が悪かったときの可能性も考えて、どうしても文化祭のステージだけは成功させたかったんだ。

だってもし結果が悪かったら……また長い間、みんなに会えなくなってしまう。

その前に文化祭だけは、どうしてもって……。

昨日鮎川がみんなに向かって、最後に言った言葉を思い出す。

『今日は本当に、ありがとうございました！』

あのとき鮎川は、どんな気持ちでいたんだろう。

うつむいていたわたしの肩を、凛さんがぽんっと叩いた。

「大丈夫だよ。どんなときだって、アユは帰ってきたから」

わたしは顔を上げて、凛さんを見る。

「それにこれからも、こういうことあるかもしれない。だからいちいち落ち込んでたら、千紗ちゃんのほうが疲れちゃうよ？」

凛さんが笑った。きっと凛さんはこういうことを何度も乗り越えてきたんだろう。

わたしはうなずいた。

「そうですね。きっとまたケロッと戻ってきますよね」

「ぼくもそう思います」

「戻ってきたらひと言言ってやる。おれたちにはなんでも話せって」

「ひと言にしといてやりなよ。大輝はいつも二言も三言も言うんだから」

「それはアユだって同じだろ」

わたしはみんなを見ながら思う。こんなやりとりは、あの夏休みと変わらない。

でもわたしたちはもう、解散してしまった。

同じステージに立つことは、二度とないんだ。


その日は一日、文化祭の片づけだった。

しかし、わたしはまったく集中できない。

きっと鮎川はすぐに戻ってくる。

そう自分に言い聞かせても、やっぱり気になってしまう。

ポケットからスマホを取り出す。画面に開いた鮎川の連絡先。

それをじっと見つめてから、なにもしないでポケットに押し込む。

いまは昼休み。わたしは朝からずっと、この行動を繰り返している。

鮎川にメッセージを送ろうと思うのに、なんて送ったらいいのかわからないのだ。

【大丈夫？】

違う。鮎川はそんなこと言われたくないはず。

【入院すること、なんで黙ってたのよ！】

ダメダメ。もし具合悪かったりしたら、そんなキツいこと言えない。

【会いたい】

わたしは慌ててその文字を消した。

バカバカ。そんなの、送れるわけないじゃん！

「はぁ……」

結局なにも送れず、ため息をもらす。

鮎川のバカ。

なんでなにも言わずに、入院しちゃうのよ。

昨日の文化祭のこと、いろいろ話したかったのに。うちにピアノが来たことも、まだ話せてないのに。

鮎川のいない教室を見る。

なんとなく、鮎川の言葉を思い出す。

『だけど響くんは、もう学校に行くこともできないし、バンドで歌うこともできないし、みんなと笑いあうこともできない』

いつか聞いた、「響くん」の話。

でも鮎川は違う。響くんとは違う。

会いたいひとに会えること。同じ学校に通えて、隣で授業を受けられること。話せること。笑いあえること。一緒に音を奏でられること。

たったそれだけのことが、こんなに愛おしく思えるなんて。

じんわりと胸の奥が熱くなった。そしていてもたってもいられなくなった。

『会いたいなら会いにいったほうがいいよ。あとで後悔しないように』

そうだ。会いにいこう。鮎川に会いにいこう。

わたしはそばにいた杏奈に叫んだ。

「杏奈、ごめん！　わたし、午後の片づけできない！　早退する！」

「え？　どうしたの、千紗」

「鮎川に会いにいってくる！」

「へ？　いまから？」

ぽかんとしている杏奈の横を通り、廊下を駆け抜け、校舎から飛び出す。

バス停に向かいながらスマホを取り出し、凜さんにメッセージを送った。

鮎川が入院している病院を教えてほしい、と。

すぐに返事がきて、病院名が書いてあった。場所を調べると、わたしの家の近くだった。

「ここなら行ける」

凜さんに【ありがとうございます】と送ったら、【いってらっしゃい】と返ってきた。

わたしが鮎川に会いたいと思っていたって、凜さんにはバレていたんだ。


バス停に駆け寄り、時刻表を見た。しかし当分バスは来そうにない。

バッグの肩ひもをぎゅっと握りしめると、わたしは勢いよく走り出す。

バスなんか待っていられない。走っていこう。

いつもみんなで歩いた、伊織さんの家に続く道を、ひとりで走る。

鮎川と座ったバス停のベンチを通り過ぎ、走り続ける。

空は青く晴れ渡り、午後の日差しを浴びた海がキラキラ光っている。

いままでのわたしだったら、こんなことしない。

誰も座っていない隣の席と、スマホの画面をながめて、ただうじうじと考えていただけだろう。

でもいまは違う。会いたいなら、会いにいけばいいんだ。

緩やかにカーブしている海沿いの道路を、ひたすら走った。

息が切れて、足がもつれる。疲れていったん立ち止まり、また前を向いて走る。

いまが学校の時間だってことも、突然病院なんか行ったら迷惑かもってことも、全部頭の中から吹っ飛んだ。

その代わりに浮かんでくるのは、鮎川の笑顔。

いつだって強引で、腹が立つこともあったけど、でも鮎川が背中を押してくれたから、わたしは前に進めたんだ。

会いたい。

前を見つめながら思う。

会いたい。鮎川に会いたい。

だってわたしは鮎川のこと――。

「はぁ、はぁ……」

足を止め、膝（ひざ）に両手をつく。荒い息を整えてから、ゆっくりと顔を上げる。

わたしの目の前に、凜さんが教えてくれた病院が見えた。

「えっ、千紗ちゃん？」

面会の手続きをして、そっと病室をのぞいたら、ベッドの上に座っていた鮎川が驚いたような声を上げた。

「なんで？　え？　いま学校……なんで？」

慌てている鮎川の顔を見た途端、安心した気持ちや、恥ずかしい気持ちや、どうしようもなく切ない気持ちが、ごちゃまぜになって押し寄せてきた。

「鮎川……」

わたしはへとへとの足をなんとか動かして、病室に入る。

こんなことなら、普段からもっと鍛えておくんだった。

「千紗ちゃん！　大丈夫？」

鮎川がベッドから下りて、わたしの目の前まで駆け寄ってくる。

「だ、大丈夫……」

鮎川は、いまにもしゃがみ込みそうなわたしをベッドに座らせると、自分も隣に腰かけた。

入院中のひとに心配されてしまった。情けない気持ちを隠すように、わたしは鮎川にたずねる。

「あ、鮎川は……大丈夫なの？」

「え、おれは全然平気。どこも悪くないんだよ、検査入院だから。今日の検査も午前中に終わったし」

そう言ったあと、鮎川がにやっと笑う。

「もしかして千紗ちゃん、そんなにおれに会いたかった？」

「バカ！」

わたしは鮎川をにらみつけ、一気に言う。

「どうして入院することと黙ってたの？　大輝さんが怒ってたよ？　なんで黙ってたんだよって。それに伊織さんと凛さんも心配してた」

「あ、言ってなかったっけ？　おれ」

「とぼけないでよ！」

つい怒鳴ってしまい、口を手で覆った。

でも、鮎川が話してくれなかったこと、わたしも悲しかったんだもん。

「……ごめんな？」

鮎川の声が小さくなった。

「検査結果出るまでは、怖くて……また再発してたらどうしよう……とかさ」

胸がちくんっと痛む。

「ほら、おれビビりだって言ったじゃん」

「だったらなおさら、言ってほしかったよ。わたしには」

わたしは、鮎川の病気を治してあげることができない。

入院中は、そばにいてあげることもできない。

それでもわたしは――。

「ごめんね、千紗ちゃん」

鮎川が笑っている。でも鮎川の心の中まではわからない。

きっといまも、不安でいっぱいなんだろう。

わたしはそんな鮎川に伝える。

「あのね、うちにピアノが来たの」

「え、ピアノが？」

「うん。お父さんの家にあったピアノが送られてきたの。お母さんも、弾いていいよって言ってくれて」

鮎川の顔がパッと明るくなる。

「よかったじゃん！　じゃあこれからは家でもピアノ弾けるんだな！　お母さんの前でも」

「うん」

ピアノのことを話せば、きっと鮎川はこんなふうに喜んでくれると思ったんだ。まるで自分のことのように。

「千紗ちゃん、ピアノ好きだもんなぁ」

しみじみつぶやく鮎川に、わたしは答える。

「うん。好き」

言ってから、なぜだか胸がドキドキした。

目の前に鮎川の顔が見える。鼓動がどんどん速くなる。

「でも千紗ちゃん、それを言うために、わざわざここまで来たの？」

それもあるけどそれだけじゃない。

わたしは鮎川に会いたくて。会ってこの想いを伝えたくて。走ってここまで来たんだ。

「好き」

鮎川はきょとんとした顔をしてから、わたしに言う。

「知ってるよ。千紗ちゃんがピアノを好きなことは」

「ちがっ……ピアノじゃなくて……ううん、ピアノも大好きだけど」

首をかしげる鮎川の顔をまっすぐ見た。そして息を深く吸い込み、それを吐き出してから告げる。

「わたし、鮎川が好き」

鮎川がわたしを見ている。恥ずかしくて、顔をそむけたくなったけど、そむけずに見つめ返す。

心臓が壊れそうなほどドキドキしていて、顔が熱くて、頭がくらくらする。

「千紗ちゃん……」

ぽつりと鮎川がつぶやいた。そして一回顔をそむけて、頭をかいてから、再びわたしを見て言った。

「おれ、だいぶ前から自分の気持ちに気づいてたのに、気づかないふりしてた。あきらめようと思ってたんだ、千紗ちゃんのこと」

わたしは黙って鮎川の声を聞く。

「でも……ダメだった」

わたしたちの目が合う。鮎川の口がゆっくりと開く。

「こんな情けない男だけど……千紗ちゃんのこと、守ってはあげられないけど……でもおれ……」

鮎川が深く息を吐いてから、わたしに向かって言う。

「おれも、千紗ちゃんのことが好きだ」

胸の奥がじんわりと熱くなった。鮎川のまっすぐな気持ちが、痛いくらい伝わってくる。

誰ともつきあわないって言っていた鮎川が……恋愛なんかするつもりのなかった鮎川が……わたしを好きって言ってくれるんだ。

わたしは鮎川の顔を見た。

「……うん」

伝えよう。わたしも。素直な気持ちを。

「わたしも、鮎川が好き。どんな鮎川だって、好きだよ」

鮎川の顔がふわっと笑顔になる。そしてわたしの手をそっと握ってこう言った。

「じゃあ、つきあおうか。おれたち」

わたしは鮎川の前でうなずいた。

「うん。つきあおう」

わたしは鮎川の手を握り返す。

いま、わたしの目の前に鮎川がいて。こうやって手を握り合えて、言葉を交わせる。

それが奇跡のように素敵なことだって、鮎川に出会えて知ったんだ。

鮎川はにこにこ笑いながらわたしを見ている。

嬉しくて、幸せなのに、涙がぽろっとこぼれた。

「ほんと、千紗ちゃんは泣き虫だよなぁ」

わたしの頭にぽんっと手が置かれた。鮎川の手だ。

するとその手が、ぽんぽんとわたしの頭を叩いた。

「ちょっ、なにすんのっ」

「あれ、おれ、なぐさめてやってんだけど？」

「絶対、違うでしょー！」

鮎川が意地悪く笑いながら、さらに頭をぽんぽん叩く。

そしてわたしの耳元でこう言った。

「千紗ちゃん、ありがと」

鮎川の声がわたしの中に入り込み、体中がじんわりとあったかくなった。


そのあと、ふたりでたくさん話をした。

文化祭のことや先輩たちのこと。これからの軽音部のこと。

病気のことや検査のことは、話さなかった。

気づいたらずいぶん時間が経ってしまって、窓から見える空は、オレンジ色に変わっていた。

「そろそろ帰るね」

「うん。気をつけてな」

鮎川がベッドの上で手を振っている。

わたしはそんな鮎川に聞く。

「あの……明日（あした）も来ていい？」

それからひと言、付け足した。

「明日も……鮎川に会いたいから」

鮎川が笑顔を見せる。

「うん。来て。待ってる」

わたしはそんな鮎川の顔をじっと見つめた。

今夜、鮎川はこの部屋でひとりきり。検査の結果はまだわからない。

鮎川の気持ちを考えたら、なんだかちょっと切なくなって、わたしは口を開いていた。

「ねぇ、鮎川。今夜は同じ曲聴きながら寝ようよ」

「え？」

「文化祭でやったラストの曲。あれ聴きながら寝よう」

わたしはそう言ってスマホを見せる。

昨日の演奏は伊織さんが録音して、スマホで聴けるようにみんなに送ってくれた。

鮎川は黙ってわたしを見たあと、自分のスマホとイヤホンを手に取って、にかっと笑った。

「そうする。ていうか、いまから聴く！　いまからずっとリピートする！」

「そんなに？」

わたしがくすくす笑うと、鮎川も笑った。

「じゃあ、鮎川、また明日ね」

わたしの声に鮎川が答える。

「うん。また明日な、千紗ちゃん」

明日もまた、鮎川に会いにこよう。


病院を出て、さっき走ってきた道を、今度はゆっくりと歩く。

海に夕陽が当たっている。潮風がわたしのポニーテールを優しく揺らす。

堤防のそばで立ち止まると、スマホのアプリを開き、耳にイヤホンを差しこんだ。

文化祭でやったラストの曲。再生ボタンをタップし、静かに目を閉じる。

ステージでのドキドキや、体育館のざわめきを思い出し、再び胸が熱くなる。

息をひそめるわたしの耳に、ピアノの音が流れてきた。

『新曲のイントロはピアノソロではじまるから』

そう、この曲はわたしのピアノではじまる。

優しく、切なく、美しく……。

わたしは目を閉じたまま、スマホをきゅっと握りしめる。

きっといま、鮎川もベッドの上で聴いている。

眠れない夜、この音が君に届きますように――。
どうか君が、怖がらずに眠れますように――。
明日また、ふたり笑顔で会えますように――。
わたしの弾くピアノの音に、鮎川の優しい歌声が重なった。

20　かさねる

三月、少し風が柔らかくなってきたころ、三年生の卒業式が行われた。

明日からはもう、凛さんにも大輝さんにも伊織さんにも、会えなくなる。

四月になれば、先輩たちはそれぞれの道へ進んでいくのだ。


卒業式のあと、わたしと鮎川は旧校舎の音楽室に向かった。

先輩たちの引退後、鮎川が青山先生に頼みこみ、旧校舎の音楽室を軽音部の部室にしてもらった。

ふたりきりになってしまったわたしたちは、そこでピアノを弾いたり、歌を歌ったりして、毎日を過ごしてきたのだ。

静かにドアを開くと、なにもない埃っぽい部屋の中に、あのピアノはまだぽつんと置かれていた。

だけどとうとう、行き先が決まったらしい。もうすぐなくなってしまう。

わたしは鮎川と並んで、ピアノの前に座る。すると鮎川が、ぽつりともらした。

「このピアノも、ついに行っちゃうのかぁ……」

わたしはちらっと鮎川の横顔を見る。

「あいつらもいなくなっちゃったし……置いてかれちゃうなぁ、おれだけ」

鮎川が鍵盤の上に指を置いた。ぽーんっとひとつ、音が落ちる。

そしてそのまま右手で、ゆっくりとメロディーを奏でる。

ピアノソロからはじまる、あの曲だ。

「おれ、結局、響くんのライブには行けなかったけど……一度だけ病院のピアノを、響くんが弾いてくれたんだよね」

ふたりだけの音楽室に、少したどたどしい音が流れる。

「それが胸にすごく響いて……自分で曲作るときは、絶対ピアノを入れたいって思ったんだ」

そう言うと鮎川は、わたしを見て笑った。

少し寂しそうに。

「これからおれ、どうなっちゃうんだろう……」

鮎川の指が止まる。

文化祭のあと入院した鮎川は、検査結果に異常はなく、一週間で学校に戻ってきた。

それからは、あいかわらず騒がしく毎日を過ごしている。

それでも、見えない未来は不安で……心細くて……。

でもそれは鮎川だけじゃない。

わたしだって、誰だってそうだ。

生きていくのは、とても不安で怖いこと。

「鮎川……」

わたしはピアノの上で、鮎川の手を握る。鮎川の手が、ぴくっと震える。

「大丈夫だよ」

鮎川の視線とわたしの視線がぶつかる。

わたしはそっと顔を近づけて、鮎川のマスクの上に唇を重ねた。

大丈夫。大丈夫だよって、頼りない手でその手を握って……。

顔を離すと、鮎川が呆然(ぼうぜん)とわたしを見ていた。わたしは慌てて鮎川から離れる。

「い、いまのはっ……そのっ、あんたが元気ないと調子狂うしっ……」

もうっ、わたしなに言ってるの？

「わたしがいるから！　わたしが支えるから！　鮎川は情けないままでもいいから、笑っててよ！」

するとと鮎川が噴き出すように笑った。

「ぶはっ、なんだよそれ」

わたしは笑っている鮎川の顔を見る。

「そんなこと言われて、情けないままでいられるわけねーじゃん」

「え？」

「好きな子に、そんなこと言われてさ」

顔がかあっと熱くなる。

「千紗ちゃん」

鮎川が笑うのをやめて、わたしに向き合う。

そしてマスクをはずすと、そっとわたしにキスをした。

「ありがと」

恥ずかしくてたまらなかったけど、素直な気持ちを口にする。

「でもわたしはよかった。鮎川が二年生で」

握った手に、力を込めて。

「鮎川ともう一年、一緒にいられるもん」

もう一年。そのあとも一年。その先も、またその先も……十年も、二十年も……。

わたしはこの町ではじめて、鮎川に会った日のことを思い出す。

あの日、わたしはバスに乗り遅れて、水色の車がそばに停まって、乗っていた鮎川に強引に誘われて……。

「ふふっ……」

記憶をたぐり寄せたら、笑いがもれた。

「なんだよ、千紗ちゃん」

鮎川が不思議そうに首をかしげる。

「ちょっと思い出しちゃって……」

「なにを？」

「わたしたちがはじめて会った日のこと。最初から強引だったよねぇ……鮎川って」

乗せてもらった車の中。流れていたのは、お父さんの好きな曲だった。

「は？　おれは遅刻しそうな女の子を見つけて、優しく助けてあげたんじゃん」

「優しく？　かなり強引だったと思うけど？　なにこのひとって思ってたら、同じクラスの隣の席だし、しつこく部活に勧誘してくるし」

そこでわたしははじめて、鮎川の歌を聴いたんだ。

もう一度笑ったわたしの隣で、鮎川はすねたように天井を見上げる。

「わかってないなぁ……千紗ちゃんは」

ううん、わかってるよ。わたしは、ちゃんとわかってる。

鮎川が、強引だけど、優しいってことも。

いつも笑っているけど、実は怖がりで、寂しがり屋なことも。

友だちのことも、お母さんのことも、そしてわたしのことも……すごく大事にしてくれているってことも。
全部、わかってるから――。
「これからもよろしくね」
わたしが言ったら、鮎川が答えた。
「うん。よろしく」
見つめあって、笑いあって、胸の奥がじいんっと熱くなる。
わたしは鍵盤の上に手をのせ、なめらかに指を動かした。
ふたりだけの音楽室に流れるメロディー。
優しく、柔らかく、美しく。
鮎川はわたしの隣で、その音を聴いてくれていた。
やがて鮎川が曲に合わせて歌い出す。
わたしは鮎川の声を聴きながら、ピアノを奏でる。
ふたりの音と声が、耳に心地よく響き渡る。
音楽室の窓からこぼれる、淡い日差し。
ピアノも、わたしの指も、鮎川の頬も、柔らかな光に包みこまれる。
ずうっとこうやっていられたらいいのに。
心地よい海の中を、このままずうっと泳ぎ続けていられたらいいのに。

このままずうっと——鮎川とふたりで。

わたしはピアノを弾くのが好きだ。

大好きだ。

本書は、魔法のiらんど第2回恋愛創作コンテスト〈苦しい程に、切ない恋部門　部門賞〉受賞作を加筆修正のうえ、文庫化したものです。

眠(ねむ)れない夜(よる)、この音(おと)が君(きみ)に届(とど)きますように

水瀬(みなせ)さら

令和6年 4月25日　初版発行

発行者●山下直久

発行●株式会社KADOKAWA
〒102-8177　東京都千代田区富士見2-13-3
電話　0570-002-301（ナビダイヤル）

角川文庫 24139

印刷所●株式会社暁印刷
製本所●本間製本株式会社

表紙画●和田三造

ISBN 978-4-04-114620-0　C0193

◇◇◇

角川文庫発刊に際して

角川源義

第二次世界大戦の敗北は、軍事力の敗北であった以上に、私たちの若い文化力の敗退であった。私たちの文化が戦争に対して如何に無力であり、単なるあだ花に過ぎなかったかを、私たちは身を以て体験し痛感した。西洋近代文化の摂取にとって、明治以後八十年の歳月は決して短かすぎたとは言えない。にもかかわらず、近代文化の伝統を確立し、自由な批判と柔軟な良識に富む文化層として自らを形成することに私たちは失敗して来た。そしてこれは、各層への文化の普及滲透を任務とする出版人の責任でもあった。

一九四五年以来、私たちは再び振出しに戻り、第一歩から踏み出すことを余儀なくされた。これは大きな不幸ではあるが、反面、これまでの混沌・未熟・歪曲の中にあった我が国の文化に秩序と確たる基礎を齎らすためには絶好の機会でもある。角川書店は、このような祖国の文化的危機にあたり、微力をも顧みず再建の礎石たるべき抱負と決意とをもって出発したが、ここに創立以来の念願を果すべく角川文庫を発刊する。これまで刊行されたあらゆる全集叢書文庫類の長所と短所とを検討し、古今東西の不朽の典籍を、良心的編集のもとに、廉価に、そして書架にふさわしい美本として、多くのひとびとに提供しようとする。しかし私たちは徒らに百科全書的な知識のジレッタントを作ることを目的とせず、あくまで祖国の文化に秩序と再建への道を示し、この文庫を角川書店の栄ある事業として、今後永久に継続発展せしめ、学芸と教養との殿堂として大成せんことを期したい。多くの読書子の愛情ある忠言と支持とによって、この希望と抱負とを完遂せしめられんことを願う。

一九四九年五月三日